P. 30 - 36 Lois faites pour
protéger qui oppriment

Voltaire

L'Affaire
du chevalier
de La Barre

précédé de

L'Affaire Lally

ÉDITION ÉTABLIE ET ANNOTÉE
PAR JACQUES VAN DEN HEUVEL

Gallimard

Ces textes sont extraits de *L'Affaire Calas et autres affaires*
(Folio classique n° 672).

Né à Paris le 21 novembre 1694, François Marie Arouet est le cinquième enfant d'un notaire. Après la mort de sa mère, le jeune Arouet, enfant brillant et éveillé, suit des études chez les jésuites de Louis-le-Grand. Dès 1712, il fréquente les salons littéraires et refuse la carrière juridique que veut lui imposer son père : il désire écrire et rédige quelques couplets sur le Régent qui lui valent d'être éloigné de Paris, puis enfermé un an à la Bastille ! Il se fait ensuite remarquer avec une tragédie, *Œdipe*, qui connaît un grand succès en 1718. La même année, il change de nom et devient Voltaire. Il est la coqueluche de la bonne société et la jeune reine, Marie Leszczyńska, lui ouvre les portes de la Cour. Mais il tourne en ridicule le chevalier de Rohan qui le fait bâtonner, embastiller puis exiler en Angleterre… Il y reste quelques années et découvre les charmes du commerce anglais, mais aussi un bouillonnement politique, social et économique. De retour à Paris, il recommence à écrire des comédies et des tragédies, marquées par l'influence de Shakespeare. Il fait la connaissance d'Émilie du Châtelet, une jeune femme libre, philosophe et géomètre. Leur liaison durera quinze ans. En 1733 et 1734, il publie *Lettres sur les Anglais ou Lettres philosophiques* qui provoquent un immense scandale. Il y soutient que la grandeur de l'Angleterre tient au fait que tout le monde y travaille, que rien n'est refusé au talent, que le système parlementaire rend l'arbitraire impossible en partageant le pouvoir entre le souverain et le peuple. Le Parlement condamne cet ouvrage « propre à inspirer le libertinage le plus dangereux pour la religion et l'ordre de la société civile ». Voltaire s'enfuit en Lorraine pour éviter d'être encore une fois emprisonné à la Bastille... À son retour, il se réfugie chez Mme du Châtelet à Cirey, où il mène une existence à la fois mondaine et studieuse. La parution d'un poème plein de verve, *Le Mondain*, le contraint à s'exiler quelque temps en Hollande. À la même époque, il entretient une correspondance nourrie avec le futur Frédéric II de Prusse qu'il ne rencontrera qu'en 1740. Un de ses anciens camarades, le marquis d'Argenson, devient ministre et, profitant également de son amitié avec le duc de Richelieu, Voltaire revient à la Cour : il écrit *La Princesse de Navarre* pour le mariage du Dauphin et, rentré en grâce, il est nommé historiographe du roi en 1745 avant de devenir académicien l'année suivante. Mais sa plume ne peut être muselée et la première version de *Zadig*, parue sous le titre de *Memnon*, l'oblige à nouveau à quitter la Cour. À la mort de Mme du Châtelet, il s'installe à Berlin où il achève *Le Siècle de Louis XIV* et écrit *Micromégas* dont le héros quitte Sirius pour se former l'esprit et le cœur, se rend sur Saturne, puis sur la Terre. Il voit ainsi avec des yeux neufs le monde où règnent « les préjugés ». Malheureusement, la tolérance de Frédéric II a des limites et Voltaire doit quitter la Prusse après s'être imprudemment moqué de Maupertuis, le président de l'Académie de Berlin. Interdit de séjour à Paris, il s'installe en Suisse, près de Genève avec sa nièce et maîtresse Mme Denis... Son *Poème sur le désastre de Lisbonne* fait éclater son antagonisme avec Jean-Jacques Rousseau. Il rédige de nouveaux contes, comme *Candide*, en 1759, dont les chapitres brefs sont autant d'étapes dans l'apprentissage du jeune et naïf Candide : à la recherche de sa compagne, il trouvera son jardin, modeste réplique du Paradis perdu, comme le rire est le reflet du tragique. En 1758, il achète le château de Ferney où se succéderont bientôt artistes, écrivains, comédiens. En 1762, l'affaire Calas mobilise toute son énergie. Voltaire, convaincu de son innocence, se bat pour faire réviser le procès et réhabiliter Jean Calas. Il rédige alors le *Traité sur la Tolérance* dans lequel il lutte contre l'intolérance au nom de la religion naturelle. Il s'intéresse ensuite à d'autres affaires et met sa plume au service de la justice. Lassée de la vie à Ferney, Mme Denis le convainc de revenir à Paris après la mort de Louis XV : il y retourne triomphalement en 1778, mais le voyage et les honneurs ont raison du vieil homme. Il meurt le 30 mai 1778. Son corps sera déposé au Panthéon en 1791 avec l'épitaphe suivante : « Il combattit les athées et les fanatiques. Il inspira la tolérance, il réclama les droits de l'homme contre la servitude de la féodalité. Poète, historien, philosophe, il agrandit l'esprit humain et lui apprit à être libre. »

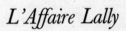

L'Affaire Lally

Thomas-Arthur, comte de Lally, était né en France en 1702 d'une famille d'origine irlandaise. Il s'était distingué à la bataille de Fontenoy (1745) et avait été fait colonel par le roi sur le champ de bataille. La guerre de Sept Ans ayant éclaté en Europe, il fut envoyé comme lieutenant général pour organiser la défense des établissements français de l'Inde. Quand il arriva à Pondichéry, sa déception fut grande : « Point d'argent dans les caisses, peu de munitions de toute espèce, des noirs et des cipayes pour armée, des particuliers riches et la colonie pauvre ; nulle subordination. Ces objets l'irritèrent, et allumèrent en lui cette mauvaise humeur qui sied si mal à un chef, et qui nuit toujours aux affaires. » (Précis du siècle de Louis XV, chap. XXXIV.) Il eut d'abord quelques succès, mais ne put réussir à reprendre Madras, et se fit enfermer dans Pondichéry. « Par ses plaintes et ses emportements », il se fit « autant d'ennemis qu'il y avait d'officiers et d'habitants dans Pondichéry. On lui rendait outrage pour outrage ; on affichait à sa porte des placards plus insultants encore que

ses lettres et ses discours. Il en fut tellement ému que sa tête
en parut quelque temps dérangée » (ibid.). *Enfin, en janvier 1761, le conseil de Pondichéry somma Lally de capi-
tuler. Les Anglais furent obligés de le protéger contre les
habitants, qui voulaient le tuer. On le transporta avec deux
mille autres prisonniers en Angleterre, et de là, il tint à
venir se justifier en France contre les accusations de ses ennemis :* « Il était si persuadé qu'ils étaient tous répréhensi-
bles et que lui seul avait raison, qu'il vint à Fontainebleau,
tout prisonnier qu'il était encore des Anglais, et qu'il offrit
de se rendre à la Bastille (novembre 1762). On le prit au
mot. Dès qu'il fut enfermé, la foule de ses ennemis, que la
compassion devait diminuer, augmenta. Il fut quinze mois
en prison sans qu'on l'interrogeât. »

   La suite de son histoire est conforme au récit de Voltaire
dans ses Fragments sur l'Inde. *Après la mort du jésuite
Lavaur, en 1764, et la découverte dans sa cassette d'un
long mémoire contre Lally, l'accusé fut traduit au Châtelet,
puis devant le Parlement. Voltaire, qui avait eu vent de
l'affaire dès la fin de 1762* (Best. 9999), *commence à
s'émouvoir dans une lettre à Richelieu du 21 juillet 1764*
(Best. 11165) : « J'ai toujours eu envie de prendre la liberté de vous demander ce que vous pensez de l'affaire de
M. de Lally : on commence toujours en France par mettre
un homme trois ou quatre ans en prison, après quoi on le
juge. En Angleterre, on n'aurait du moins été emprisonné
qu'après avoir été condamné, et il en aurait été quitte pour
donner caution, etc. » *Le procès dura deux ans ; le rapporteur était ce même Pasquier, qui fera condamner peu après*

le jeune chevalier de La Barre, et le Dictionnaire philosophique *de Voltaire. Il fut condamné à mort pour con-
cussion et haute trahison, et exécuté le 9 mai 1766.
Voltaire prit sa défense dans le* XXXIVe *chapitre du* Précis
du siècle de Louis XV, *paru en 1768, que nous citons
ici, et dans ses* Fragments sur l'Inde, *dont nous publions
les extraits relatifs à l'affaire (1774). Puis il travailla,
avec son fils Lally-Tollendal, à sa réhabilitation. Il apprit
quatre jours avant de mourir que le parlement de Bourgogne avait révisé la sentence de celui de Paris (26 mai
1778). L'arrêt sera cassé à l'unanimité en 1781.*

Chronologie de l'affaire

1761. *Janvier* : Capitulation de Lally à Pondichéry.

1762. *Novembre* : Lally, prisonnier en Angleterre, rentre en France pour se justifier. Il est enfermé à la Bastille.

1766. *6 mai* : Condamnation de Lally par le parlement de Paris.

9 mai : Lally est décapité en place de Grève.

1778. *26 mai* : Quatre jours avant sa mort, Voltaire apprend par le fils de Lally que le parlement de Bourgogne avait révisé la sentence du parlement de Paris.

FRAGMENTS HISTORIQUES
SUR L'INDE ET SUR LA MORT
DU GÉNÉRAL DE LALLY

ARTICLE XVIII

Lally et les autres prisonniers conduits en Angleterre,
relâchés sur leur parole. Procès criminel de Lally.

Les prisonniers continuèrent dans la route et en
Angleterre leurs reproches mutuels que le désespoir
aigrissait encore[1]. Le général avait ses partisans,
surtout parmi les officiers du régiment de son
nom : presque tous les autres étaient ses ennemis
déclarés ; chacun écrivait aux ministres de France ;
chacun accusait le parti opposé d'être la cause du
désastre. Mais la véritable cause était la même que
dans les autres parties du monde ; la supériorité des
flottes anglaises, l'opiniâtreté attentive de la nation,
son crédit, son argent comptant, et cet esprit de pa-

---

1. Il s'agit des deux mille prisonniers avec lesquels Lally avait
été transféré en Angleterre.

triotisme, qui est plus fort à la longue que l'esprit mercantile et que la cupidité des richesses.

Le général Lally obtint de l'amirauté d'Angleterre la permission de repasser en France sur sa parole. Son premier soin fut de payer ce qu'il avait emprunté pour le service public. La plupart de ses ennemis revinrent en même temps que lui ; ils arrivèrent précédés de toutes les plaintes, des accusations formées de part et d'autre, et de mille écrits dont Paris était inondé. Les partisans de Lally étaient en très petit nombre, et ses adversaires, innombrables.

Un conseil entier ; deux cents employés sans ressources ; les directeurs de la compagnie des Indes voyant leur grand établissement anéanti ; les actionnaires tremblant pour leur fortune ; des officiers irrités, tous se déchaînaient avec d'autant plus d'animosité contre Lally, qu'ils croyaient qu'en perdant Pondichéry il avait gagné des millions. Les femmes, toujours moins modérées que les hommes dans leurs terreurs et dans leurs plaintes, criaient au traître, au concussionnaire, au criminel de lèse-majesté.

Le conseil de Pondichéry en corps présenta une requête contre lui au contrôleur général. Il disait dans cette requête : « Ce n'est point le désir de venger nos injures et notre ruine personnelle qui nous anime, c'est la force de la vérité, c'est le sentiment pur de nos consciences, c'est le cri général. »

Il paraissait pourtant que le sentiment pur des consciences était un peu corrompu par la douleur d'avoir tout perdu, par une haine personnelle, peut-être excusable, et par la soif de la vengeance qu'on ne peut excuser.

Un très brave officier, de la noblesse la plus antique, fort mal à propos outragé par le général, et même dans son honneur, écrivait en termes beaucoup plus violents que le conseil de Pondichéry : « Voilà, *disait-il*, ce qu'un étranger sans nom, sans actions devers lui, sans naissance, sans aucun titre enfin, comblé cependant des honneurs de son maître, prépare en général à toute cette colonie. Rien n'a été sacré pour ses mains sacrilèges ; ce chef les a portées jusqu'à l'autel, en s'appropriant six chandeliers d'argent et un crucifix, que le général anglais lui a fait rendre à la sollicitation du supérieur des capucins, etc. »

Le général s'était attiré par ses fougues indiscrètes, et par ses reproches injustes, une accusation si cruelle : il est vrai qu'il avait fait porter chez lui ces chandeliers et ce crucifix, mais si publiquement qu'il n'était pas possible qu'au milieu de tant de grands intérêts, il voulût s'emparer d'un objet si mince. Aussi l'arrêt qui le condamna ne parle point de sacrilège.

Le reproche d'une basse naissance était bien injuste : nous avons ses titres munis du grand sceau du roi Jacques. Sa maison était très ancienne*. On passait donc les bornes avec lui, comme il les avait passées avec tant d'autres. Si quelque chose doit inspirer aux hommes la modération, c'est, sans doute, cette fatale aventure.

Le ministre des finances devait naturellement protéger une compagnie de commerce dont la ruine semblait si préjudiciable au royaume : il y eut un ordre secret d'enfermer Lally à la Bastille. Lui-même offrit de s'y rendre : il écrivit au duc de Choiseul : « J'apporte ici ma tête et mon innocence. J'attends vos ordres. » Quelque temps auparavant, un des agents de ses ennemis lui avait offert de lui révéler toutes leurs intrigues, et il refusa cette offre avec mépris.

Le duc de Choiseul, ministre de la guerre et des affaires étrangères, était généreux à l'excès, bienfaisant et juste ; la hauteur de son âme était égale à la grandeur de ses vues ; mais il eut le malheur de céder aux clameurs de Paris : on avait décidé d'abord qu'on ne prendrait un parti qu'après le rapport fait au conseil des accusations intentées contre Lally et des preuves sur lesquelles on les appuyait. Cette résolution si sage ne fut pas suivie : Lally fut enfermé à la Bastille dans la même

---

* Une branche de cette famille a possédé le château de Tollendal en Irlande depuis un temps immémorial jusqu'à la dernière révolution. Le lord Kelly, vice-roi d'Irlande sous Élisabeth, était du nom de Lally, mais d'une autre branche. (*Toutes les notes appelées par un astérisque sont de Voltaire.*)

chambre où avait été La Bourdonnais, et n'en sortit pas de même.

Il s'agissait d'abord de voir quels juges on lui donnerait. Un conseil de guerre semblait le tribunal le plus convenable ; mais on lui imputait des malversations, des concussions, des crimes de péculat, dont les maréchaux de France ne sont pas juges. Le comte de Lally avait d'abord formé ses plaintes : ainsi ses adversaires ne firent en quelque sorte que récriminer. Ce procès était si compliqué, il fallait faire venir tant de témoins, que le prisonnier resta quinze mois à la Bastille, sans être interrogé, et sans savoir devant quel tribunal il devait répondre. C'est là, disaient quelques jurisconsultes, le triste destin des citoyens d'un royaume célèbre par les armes et par les arts, mais qui manque encore de bonnes lois, ou plutôt chez qui les sages lois anciennes sont quelquefois oubliées.

Le jésuite Lavaur était alors à Paris ; il demandait au gouvernement une modique pension de quatre cents francs, pour aller prier Dieu le reste de ses jours au fond du Périgord où il était né. Il mourut, et on lui trouva douze cent cinquante mille livres dans sa cassette, en or, en diamants, en lettre de change. Cette aventure d'un supérieur des missions de l'Orient, et la banqueroute de trois millions que fit en ce temps-là le supérieur des missions de l'Occident, nommé La Valette, excitèrent dans toute la France une indignation égale à celle qu'on inspirait contre Lally, et fut une des causes qui produisirent enfin l'abolissement des jésuites[1] : mais en même temps la cassette de Lavaur prépara la perte de Lally. On trouva dans ce coffre deux mémoires, l'un en faveur du comte, l'autre qui le chargeait de tous les crimes. Il devait faire usage de l'un ou de l'autre de ces écrits, selon que les affaires tourneraient. De ce couteau tranchant à double lame, on porta au procureur général celle qui blessait l'accusé. Cet homme du roi fit sa plainte au parlement contre le comte, de vexations, de concussions, de trahisons, de crimes de lèse-majesté. Le parlement renvoya l'affaire au Châtelet en première instance. Et bientôt après des lettres patentes du roi renvoyèrent à la grand'chambre et à la Tournelle assemblées *la connaissance de tous les délits commis dans l'Inde, pour être le procès fait et parfait aux auteurs desdits délits selon la rigueur des ordonnances*. Le mot de justice conviendrait mieux peut-être que celui de rigueur.

Comme le procureur général avait inséré dans sa plainte les termes des crimes de haute trahison, de lèse-majesté, on refusa un conseil à l'accusé. Il n'eut pour sa défense d'autres secours que lui-même. On lui permit d'écrire : il se servit de cette

1. C'est le procès du père La Valette, jésuite français qui avait créé une maison de commerce aux Antilles, qui fut à l'origine de la condamnation des jésuites par le parlement de Paris, en 1762, puis de leur expulsion, édictée par Louis XV en 1764.

permission pour son malheur. Ses écrits irritèrent encore ses adversaires, et lui en firent de nouveaux. Il reprochait au comte d'Aché d'avoir été cause de la perte de l'Inde, en ne restant pas devant Pondichéry. Mais ce chef d'escadre avait préféré de défendre les îles de Bourbon et de France contre une invasion dont, sans doute, il les croyait menacées. Il avait combattu trois fois contre la flotte anglaise, et avait été blessé dans ces trois batailles. M. de Lally faisait des reproches sanglants au chevalier de Soupire, qui lui répondit, et qui déposa contre lui avec une modération aussi estimable qu'elle est rare.

Enfin, se rendant à lui-même le témoignage qu'il avait toujours fait rigoureusement son devoir, il se livra avec la plume aux mêmes emportements qu'il avait eus quelquefois dans ses discours. Si on lui eût donné un conseil, ses défenses auraient été plus circonspectes : mais il pensa toujours qu'il lui suffisait de se croire innocent. Il força surtout M. de Bussy à lui faire une réponse, et cette réponse d'un homme en faveur duquel l'opinion s'était alors déclarée, paraissant quelques jours avant le jugement, ne pouvait manquer de faire effet sur des esprits déjà prévenus. Lally, qui tant de fois avait prodigué sa vie, et que M. de Bussy affectait de soupçonner de manquer de courage, en avait trop en insultant tous ses adversaires dans ses mémoires. C'était se battre seul contre une armée ; il n'était guère possible que cette multitude ne l'accablât pas ; tant les discours de toute une ville font impression sur les juges, lors même qu'ils croient être en garde contre cette séduction.

ARTICLE XIX

Fin du procès criminel contre Lally. Sa mort.

Par une fatalité singulière, et qui ne se voit peut-être qu'en France, le ridicule se mêle presque toujours aux événements funestes. C'était un très grand ridicule en effet de voir des hommes de paix, qui n'étaient jamais sortis de Paris que pour aller à leurs maisons de campagne, interroger, avec un greffier, des officiers généraux de terre et de mer, sur leurs opérations militaires.

Les membres du conseil marchand de Pondichéry, les actionnaires de Paris, les directeurs de la compagnie des Indes, les employés, les commis, leurs femmes, leurs parents, criaient aux juges et aux amis des juges contre le commandant d'une armée qui consistait à peine en mille soldats. Les actions étaient tombées parce que le général était un traître, et que l'amiral s'était allé radouber, au lieu de livrer un quatrième combat naval. On répétait les noms de Trichenapali, de Vandavachi, de Chétoupet. Les conseillers de la grand'chambre achetaient de mauvaises cartes de l'Inde, où ces places ne se trouvaient pas[*].

On faisait un crime à Lally de ne s'être pas emparé de ce poste, nommé Chétoupet, avant d'aller à Madras. Tous les maréchaux de France assemblés auraient eu bien de la peine à décider de si loin si on devait assiéger Chétoupet ou non : et on portait cette question à la grand'chambre ! Les accusations étaient si multipliées, qu'il n'était pas possible que, parmi tant de noms indiens, un juge de Paris ne prît souvent une ville pour un homme, et un homme pour une ville.

Le général de terre accusait le général de mer d'être la première cause de la chute des actions, tandis que lui-même était accusé par tout le conseil de Pondichéry d'être l'unique principe de tous les malheurs.

Le chef d'escadre fut assigné pour être ouï. On l'interrogeait, après serment de dire la vérité, pourquoi il avait mis le Cap au sud, au lieu de s'être embossé au nord-est entre Alamparvé et Goudelour ? noms qu'aucun Parisien n'avait entendu prononcer auparavant. Heureusement il n'avait point de cabale formée contre lui.

---

[*] On prétend qu'un des juges demanda à une personne de la famille de M. de Lally si Pondichéry était bien à deux cents lieues de Paris.

À l'égard du général Lally, on le chargeait d'avoir assiégé Goudelour au lieu d'assiéger d'abord Saint-David ; de n'avoir pas marché aussitôt à Madras ; d'avoir évacué le poste de Chéringan ; de n'avoir pas envoyé trois cents hommes de renfort, noirs ou blancs à Mazulipatan ; d'avoir capitulé à Pondichéry, et de n'avoir pas capitulé*.

Il fut question de savoir si M. de Soupire, maréchal de camp, avait continué ou non le service militaire depuis la perte de Cangivaron, poste assez inconnu à la Tournelle. Il est vrai qu'en interrogeant Lally sur de tels faits, on avait soin de lui dire que c'étaient des opérations militaires sur lesquelles on n'insistait pas ; mais on n'en tirait pas moins des inductions contre lui. À ces chefs d'accusation que nous avons entre les mains, en succédaient d'autres sur sa conduite privée. On lui reprochait de s'être mis en colère contre un conseiller de Pondichéry, et d'avoir dit à ce conseiller qui se vantait de donner son sang pour la compagnie : Avez-vous assez de sang pour fournir du

* Le maréchal Keith disait à une impératrice de Russie : Madame, si vous envoyez en Allemagne un général traître et lâche, vous pouvez le faire pendre à son retour. Mais s'il n'est qu'incapable, tant pis pour vous, pourquoi l'avez-vous choisi ? c'est votre faute, il a fait ce qu'il a pu, vous lui devez encore des remerciements. Ainsi, quand on aurait prouvé que Lally était incapable, ce qu'on était encore bien loin de prouver, puisqu'il avait eu du succès tant qu'il n'avait pas manqué de troupes et d'argent, tant qu'on lui avait obéi, il aurait encore été très injuste de le condamner.

boudin aux troupes du roi qui manquent
de pain ? . . . . N° 74

On l'accusait d'avoir dit des sottises à
un autre conseiller. . . . . N° 87

D'avoir condamné un perruquier, qui
avait brûlé de son fer chaud l'épaule d'une
négresse, à recevoir un coup du même fer
sur son épaule. . . . . N° 88

De s'être enivré quelquefois . . . . N° 104

D'avoir fait chanter un capucin dans
la rue. . . . . N° 105

D'avoir dit que Pondichéry ressemblait
à un bordel, où les uns caressaient les filles,
et où les autres les voulaient jeter par les
fenêtres . . . . N° 106

D'avoir rendu quelques visites à Mme
Pigot qui s'était échappée de chez son mari. N° 108

D'avoir fait donner du riz à ses chevaux,
dans le temps qu'il n'avait point de chevaux. N° 112

D'avoir donné une fois aux soldats du
punch fait avec du coco . . . . N° 131

De s'être fait traiter d'un abcès au foie,
sans que cet abcès eût crevé ; et si l'abcès
eût crevé, il en serait heureusement mort. N° 147

Ces griefs étaient mêlés d'accusations
plus importantes. La plus forte était d'avoir
vendu Pondichéry aux Anglais ; et la
preuve en était que pendant le blocus il
avait fait tirer des fusées, sans qu'on en
sût la raison, et qu'il avait fait la ronde la
nuit tambour battant. . . . . N° 144
et 145

On voit assez que ces accusations étaient intentées par des gens fâchés, et mauvais raisonneurs.
Leur énorme extravagance semblait devoir décré-
diter les autres imputations. Nous ne parlerons
point ici de cent petites affaires d'argent, qui for-
ment un chaos plus aisé à débrouiller par un marchand que par un historien. Ses défenses nous ont
paru très plausibles, et nous renvoyons le lecteur à
l'arrêt même qui ne le déclara pas concussionnaire.

Il y eut cent soixante chefs d'accusation contre
lui ; les cris du public en augmentaient encore le
nombre et le poids : ce procès devenait très sérieux
malgré son extrême ridicule ; on approchait de la
catastrophe.

Le célèbre d'Aguesseau[1] a dit dans une de ses
mercuriales, en adressant la parole aux magistrats,
en 1714 : «Justes par la droiture de vos inten-
tions, êtes-vous toujours exempts de l'injustice
des préjugés ? et n'est-ce pas cette espèce d'injustice que nous pouvons appeler l'erreur de la
vertu, et si nous l'osons dire, le crime des gens
de bien ? »

Le terme de *crime* est bien fort ; un honnête
homme ne commet point de crime, mais il fait
souvent des fautes pernicieuses ; et quel homme,
quelle compagnie n'a pas commis de telles fautes ?

---

1. Henri-François d'Aguesseau exerça les fonctions de chancelier.

Le rapporteur[1] passait pour un homme dur,
préoccupé et sanguinaire. S'il avait mérité ce reproche dans toute son étendue, le mot *crime* alors
n'aurait pas été peut-être trop violent. Il se vantait
d'aimer la justice ; mais il la voulait toujours rigou-
reuse, et ensuite il s'en repentait. Ses mains étaient
encore teintes du sang d'un enfant[2] (l'on peut donner ce nom à un jeune gentilhomme d'environ dix-
sept ans) coupable d'un excès dont l'âge l'aurait
corrigé, et que six mois de prison auraient expié.
C'était lui qui avait déterminé quinze juges contre
dix à faire périr cette victime par la mort la plus
affreuse, réservée aux parricides*. Cette scène se
passait chez un peuple réputé sociable, dans le
temps même où le monstre de l'inquisition s'appri-
voisait ailleurs, et où les anciennes lois des temps
barbares s'adoucissaient dans les autres États. Tous
les princes, tous les peuples de l'Europe eurent
horreur de cet effroyable assassinat juridique. Ce
magistrat même en eut des remords ; mais il

* Cinq voix ont donc suffi pour condamner un enfant aux supplices accumulés de la torture ordinaire et extraordinaire, de la
langue arrachée avec des tenailles, du poing coupé, et d'être jeté
dans les flammes. Un enfant ! un petit-fils d'un lieutenant général
qui avait bien servi l'État ! et cet événement, plus horrible que ce
qu'on a jamais rapporté ou inventé sur les Cannibales, s'est passé
chez une nation qui passe pour éclairée et humaine.
  1. Pasquier.
  2. Il s'agit du chevalier de La Barre, Voltaire embrouille la
chronologie.

n'en fut pas moins impitoyable dans le procès
du comte Lally.

Quelques autres juges et lui étaient persuadés
de la nécessité des supplices dans les affaires les
plus graciables ; on eût dit que c'était un plaisir
pour eux. Leur maxime était qu'il faut toujours en
croire les délateurs plus que les accusés ; et que s'il
suffisait de nier, il n'y aurait jamais de coupables.
Ils oubliaient cette réponse de l'empereur Julien le
philosophe, qui avait lui-même rendu la justice
dans Paris : « S'il suffisait d'accuser, il n'y aurait
jamais d'innocents. »

Il fallait lire et relire un tas énorme de papiers,
mille écrits contradictoires d'opérations militaires,
faites dans des lieux dont la position et le nom
étaient inconnus aux magistrats ; des faits dont il
leur était impossible de se former une idée exacte,
des incidents, des objections, des réponses qui cou-
paient à tout moment le fil de l'affaire. Il n'est pas
possible que chaque juge examine par lui-même
toutes ces pièces : quand on aurait la patience de
les lire, combien peu sont en état de démêler la vérité dans cette multitude de contradictions ! on s'en
repose presque toujours sur le rapporteur dans les
affaires compliquées ; il dirige les opinions ; on l'en
croit sur sa parole ; la vie et la mort, l'honneur et
l'opprobre sont dans sa main.

Un avocat général, ayant lu toutes les pièces avec
une attention infatigable, fut pleinement convaincu

que l'accusé devait être absous. C'était M. Séguier, de la même famille que ce chancelier qui se fit un nom dans l'aurore des belles lettres, cultivées trop tard en France ainsi que tous les arts[1] ; homme d'ailleurs de beaucoup d'esprit, et plus éloquent encore que le rapporteur, dans un goût différent. Il était si persuadé de l'innocence du comte, qu'il s'en expliquait hautement devant les juges et dans tout Paris : M. Pellot, ancien conseiller de grand'chambre, le juge peut-être le plus appliqué et du plus grand sens, fut entièrement de l'avis de M. Séguier.

On a cru que le parlement, aigri par ses fréquentes querelles avec des officiers généraux chargés de lui annoncer les ordres du roi ; exilé plus d'une fois pour sa résistance, et résistant toujours ; devenu enfin, sans presque le savoir, l'ennemi naturel de tout militaire élevé en dignité, pouvait goûter une secrète satisfaction en déployant son autorité sur un homme qui avait exercé un pouvoir souverain. Il humiliait en lui tous les commandants. On ne s'avoue pas ce sentiment caché au fond du cœur ; mais ceux qui le soupçonnent peuvent ne se pas tromper.

Le vice-roi de l'Inde française fut, après plus de cinquante ans de services, condamné à la mort, à l'âge de soixante et huit ans.

---

1. Pierre Séguier (1588-1672), chancelier, duc de Villemor et pair de France.

Quand on lui prononça son arrêt, l'excès de son indignation fut égal à celui de sa surprise. Il s'emporta contre ses juges, ainsi qu'il s'était emporté contre ses accusateurs ; et tenant à la main un compas qui lui avait servi à tracer des cartes géographiques dans sa prison, il s'en frappa vers le cœur : le coup ne pénétra pas assez pour lui ôter la vie. Réservé à la perdre sur l'échafaud, on le traîna dans un tombereau de boue, ayant dans la bouche un large bâillon qui, débordant sur ses lèvres et défigurant son visage, formait un spectacle affreux. Une curiosité cruelle attire toujours une foule de gens de tout état à un tel spectacle. Plusieurs de ses ennemis vinrent en jouir, et poussèrent l'atrocité jusqu'à l'insulter par des battements de mains. On lui bâillonnait ainsi la bouche, de peur que sa voix ne s'élevât contre ses juges sur l'échafaud, et qu'étant si vivement persuadé de son innocence, il n'en persuadât le peuple. Ce tombereau, ce bâillon soulevèrent les esprits de tout Paris ; et la mort de l'infortuné ne les révolta pas.

L'arrêt portait « que Thomas Arthur Lally était condamné à être décapité, comme dûment atteint et convaincu d'avoir trahi les intérêts du roi, de l'État et de la compagnie des Indes, d'abus d'autorité, vexations et exactions ».

On a déjà remarqué ailleurs que ces mots *trahir les intérêts* ne signifient point une perfidie, une trahison formelle, un crime de lèse-majesté, en un mot la vente de Pondichéry aux Anglais, dont on l'avait accusé. Trahir les intérêts de quelqu'un, veut dire les mal ménager, les mal conduire. Il était évident que dans tout ce procès il n'y avait pas l'ombre de trahison ni de péculat. L'ennemi implacable des Anglais, qui les brava toujours, ne leur avait pas vendu la ville. S'il l'avait fait, on le saurait aujourd'hui. De plus, les Anglais n'auraient pas acheté une ville qu'ils étaient sûrs de prendre. Enfin Lally aurait joui à Londres du fruit de sa trahison, et ne fût pas venu chercher la mort en France parmi ses ennemis. À l'égard du péculat, comme il ne fut jamais chargé de l'argent du roi ni de celui de la compagnie, on ne pouvait l'accuser de ce crime, qu'on dit trop commun.

Abus d'autorité, vexations, exactions, sont aussi des termes vagues et équivoques, à la faveur desquels il n'y a point de présidial qui ne pût condamner à mort un général d'armée, un maréchal de France. Il faut une loi précise et des preuves précises. Le général Lally usa, sans doute, très mal de son autorité, en outrageant de paroles quelques officiers, en manquant d'égards, de circonspection, de bienséance : mais, comme il n'y a point de loi qui dise : « Tout maréchal de France, tout général d'armée, qui sera un brutal, aura la tête tranchée », plusieurs personnes impartiales pensèrent que c'était le parlement qui paraissait abuser de son autorité.

Le mot d'exaction est encore un terme qui n'a pas un sens bien déterminé. Lally n'avait jamais imposé une contribution d'un denier ni sur les habitants de Pondichéry ni sur le conseil. Il ne demanda même jamais au trésorier de ce conseil le paiement de ses appointements de général : il comptait le recevoir à Paris, et il n'y reçut que la mort.

Nous savons de science certaine (autant qu'il est permis de prononcer ce mot de *certaine*) que trois jours après sa mort, un homme très respectable ayant demandé à un des principaux juges sur quel délit avait porté l'arrêt : « Il n'y a point de délit particulier », répondit le juge en propres mots, « c'est sur l'ensemble de sa conduite qu'on a assis le jugement. » Cela était très vrai ; mais cent incongruités dans la conduite d'un homme en place, cent défauts dans le caractère, cent traits de mauvaise humeur mis ensemble, ne composaient pas un crime digne du dernier supplice. S'il était permis de se battre contre son général, s'il fût mort dans un combat de la main des officiers outragés par lui, on eût pu ne pas le plaindre ; mais il ne méritait pas de mourir du glaive de la justice qui ne connaît ni haine ni colère. On peut assurer qu'aucun militaire ne l'eût accusé si violemment, s'ils avaient prévu que leurs plaintes le conduiraient à l'échafaud ; au contraire, ils l'auraient excusé. Tel est le caractère des officiers français.

Cet arrêt semble aujourd'hui d'autant plus cruel
que dans le temps même où l'on avait instruit ce
procès, le Châtelet, chargé par ordre du roi de
punir les concussions évidentes, faites en Canada
par des gens de plume, ne les avait condamnés qu'à
des restitutions, à des amendes et à des bannisse-
ments. Les magistrats du Châtelet avaient senti
que dans l'état d'humiliation et de désespoir où la
France était réduite en ce temps malheureux, ayant
perdu ses troupes, ses vaisseaux, son argent, son
commerce, ses colonies, sa réputation, on ne lui
aurait rien rendu de tout cela, en faisant pendre dix
ou douze coupables qui, n'étant point payés par
un gouvernement alors obéré, s'étaient payés par
eux-mêmes. Ces accusés n'avaient point contre
eux de cabale ; et il y en avait une acharnée et terrible contre un Irlandais qui paraissait avoir été
bizarre, capricieux, emporté, jaloux de la fortune
d'autrui, appliqué à son intérêt, sans doute, comme
tout autre ; mais point voleur, mais brave, mais
attaché à l'État, mais innocent. Il fallut du temps
pour que la pitié prît la place de la haine : on ne
revint en faveur de Lally qu'après plusieurs mois,
quand la vengeance assouvie laissa entrer l'équité
dans les cœurs avec la commisération.

Ce qui contribua le plus à rétablir sa mémoire
dans le public, c'est qu'en effet, après bien des re-
cherches, on trouva qu'il n'avait laissé qu'une fortune médiocre. L'arrêt portait qu'on prendrait sur

la confiscation de ses biens cent mille écus pour les pauvres de Pondichéry. Il ne se trouva pas de quoi payer cette somme, dettes préalables acquittées ; et le conseil de Pondichéry avait, dans ses requêtes, fait monter ses trésors à dix-sept millions. Les vrais pauvres intéressants étaient ses parents : le roi leur accorda des grâces qui ne réparèrent pas le malheur de la famille. La plus grande grâce qu'elle espérait était de faire revoir, s'il était possible, le procès par un autre parlement, ou d'en faire remettre la décision à un conseil de guerre, aidé de magistrats.

Il parut enfin aux hommes sages et compatissants que la condamnation du général Lally était un de ces meurtres commis avec le glaive de la justice. Il n'est point de nation civilisée chez qui les lois, faites pour protéger l'innocence, n'aient servi quelquefois à l'opprimer. C'est un malheur attaché à la nature humaine, faible, passionnée, aveugle. Depuis le supplice des Templiers, point de siècles où les juges en France n'aient commis plusieurs de ces erreurs meurtrières. Tantôt c'était une loi absurde et barbare qui commandait ces iniquités judiciaires, tantôt c'était une loi sage qu'on pervertissait*.

---

* La maréchale d'Ancre fut accusée d'avoir sacrifié un coq blanc à la lune, et brûlée comme sorcière.
   On prouva au curé Gaufridi qu'il avait eu de fréquentes conférences avec le diable. Une des plus fortes charges contre Vanini était qu'on avait trouvé chez lui un grand crapaud ; et en conséquence il fut déclaré sorcier et athée.

Qu'il soit permis de remettre ici sous les yeux ce que nous avons dit autrefois, que si on avait différé les supplices de la plupart des hommes en place, un seul à peine aurait été exécuté. La raison en est, que cette même nature humaine, si cruelle quand elle est échauffée, revient à la douceur lorsqu'elle se refroidit.

Le jésuite Girard fut accusé d'avoir ensorcelé la Cadière ; le curé Grandier d'avoir ensorcelé tout un couvent.

Le parlement défendit d'écrire contre Aristote, sous peine des galères.

Montecuculi, chambellan, échanson du dauphin François, fut condamné comme séduit par l'empereur Charles Quint, pour empoisonner ce jeune prince, parce qu'il se mêlait un peu de chimie. Ces exemples d'absurdité et de barbarie sont innombrables.

L'Affaire du
chevalier de La Barre

Le crucifix de bois, placé sur le pont neuf d'Abbeville, avait été l'objet de mutilations dans la nuit du 8 au 9 août 1765. Des coups avaient été portés avec un instrument tranchant, qui avaient tailladé le buste, la jambe et endommagé un orteil. Le crucifix d'un cimetière voisin avait été couvert d'immondices. Les habitants d'Abbeville apprirent ces nouvelles avec indignation et se rassemblèrent sur les lieux. Plainte fut déposée avec demande d'informer et de faire publier un monitoire. L'enquête commença dans cette atmosphère d'émotion populaire. Soixante-dix témoins furent cités qui ne purent donner d'indications précises, mais les soupçons se portèrent sur trois jeunes gens, Gaillard d'Étallonde, le chevalier de La Barre et Moisnel qui s'étaient fait remarquer par leurs fanfaronnades et la manière dont ils affichaient leur irréligion : le jour de la fête du Saint-Sacrement, n'étaient-ils pas restés debout, leur chapeau sur la tête, devant la procession des religieux de Saint-Pierre ? Durant l'instruction, l'évêque d'Amiens vint en personne faire amende honorable, pieds nus et la corde au cou, devant le Christ outragé. Le 26 août les trois jeunes gens furent décrétés d'arrestation. D'Étallonde s'était enfui. Voltaire demandera à Frédéric II de le prendre comme officier et travaillera, plus tard, à partir de 1773 à obtenir sa réhabilitation. Le jeune Moisnel, — dix-sept ans — perdit entièrement contenance et reconnut tout ce qu'on voulait. Il en fut autrement de Jean-François Lefebvre, chevalier de La Barre, qui avait alors vingt ans. Il avait perdu sa mère tout jeune, et avait fini par être recueilli avec son frère aîné par une tante « à la mode de Bretagne », Mme de Brou, abbesse de Willancourt, femme de cœur, aux idées larges, chez qui fréquentait la bonne société d'Abbeville. Il ne semble pas avoir eu ce caractère exceptionnel que lui a prêté Voltaire. Tout se passe comme s'il avait fait une fixation sur la religion, « superstition du peuple » : il se conduisait en enfant gâté de l'abbaye et aimait se signaler en toutes circonstances par des propos ou des gestes d'impiété. Sa petite bibliothèque comprenait au milieu d'ouvrages libertins le livre d'Helvétius De l'Esprit et le Dictionnaire philosophique de Voltaire. Il fit preuve pendant cet interrogatoire d'une certaine détermination en n'avouant que des peccadilles et en distinguant toujours entre l'impiété et les propos impies. Ce qui lui porta grand préjudice fut l'inimitié de M. de Belleval, qui fréquentait à l'abbaye avant l'arrivée du chevalier et qui avait pris ombrage de l'affection que Mme de Brou portait à son neveu. Or il était le président de l'élection. Quant à M. Duval de Soicourt, conseiller au présidial, il avait aussi quelques griefs contre l'abbesse. La procédure fut conduite de façon très irrégulière, la jonction du procès de sacrilège (mutilation du crucifix) et celle d'impiété constituant un véritable vice de forme. La sentence de la sénéchaussée fut rendue le 28 février 1766. La Barre, et d'Étallonde par coutumace, étaient condamnés à faire amende honorable devant la principale porte de l'église Saint-Vulfran, à avoir la langue coupée, à être menés en tombereau sur la Grand-Place, à y être décapités. Leurs corps et leurs têtes devaient être jetés dans un bûcher ardent. La Barre, sa famille et toute la ville étaient persuadés que le parlement de Paris ne confirmerait pas cette sentence. Le président d'Ormesson, apparenté au jeune chevalier, sous-estima, lui aussi, le danger. Il avait compté sans l'obstination du conseiller Pasquier, rapporteur attitré des grands procès (Damiens, Lally), qui entraîna ses collègues à la dureté et attaqua violemment l'esprit philosophique, et, nommément, Voltaire, dont le Dictionnaire figurait parmi les livres de l'accusé. La sentence d'Abbeville fut confirmée le 4 juin 1766. Restait la grâce royale. Malgré l'intervention personnelle de l'évêque d'Amiens, Louis XV fut inflexible. Le jeune chevalier, qui avait été amené à la Conciergerie, fut reconduit sous bonne garde à Abbeville et exécuté par le même bourreau qui avait tranché la tête de Lally (1ᵉʳ juillet 1766). Voltaire, qui avait écrit vers le 15 juillet 1766 la Relation de la mort du chevalier de La Barre recommanda le « sieur d'Étallonde » à Frédéric II qui lui accorda un brevet d'officier. Plus tard, pour une question de succession, d'Étallonde sollicite sa réhabilitation. En avril 1774, il se trouve à Ferney. Voltaire s'adressa au chancelier Maupeou qui, bien qu'il eût été premier président du parlement de Paris lors de l'arrêt de 1766, était dans des dispositions favorables. Mais survint son renvoi, après l'avènement de Louis XVI. Dans l'impossibilité de faire réviser le procès par cette voie, on présenta une requête au roi. C'est Le Cri du sang innocent, *paru en juillet 1775. La grâce refusée, « divus Etallundus, martyr de la philosophie » revint en Prusse où Frédéric II pour le consoler l'appela à Potsdam, lui fit une pension et le nomma ingénieur. La grâce devait être finalement accordée en décembre 1788. Quant à la réhabilitation du chevalier de La Barre, demandée dans ses cahiers par la noblesse de Paris, elle fut prononcée solennellement par la Convention.*

Étant donné l'extrême retentissement qu'eut cette affaire sur la sensibilité de Voltaire, qui contraste avec l'absence pendant longtemps d'écrits publics de sa part, nous publions entre la Relation *et* Le Cri du sang innocent *un certain nombre de lettres qui s'échelonnent de 1766 à 1775.*

Chronologie de l'affaire

1765. *8-9 août :* Mutilation du crucifix d'Abbeville.

1766. *27 février :* La Barre et Moisnel sont conduits à la Chambre criminelle de la sénéchaussée d'Abbeville pour y être entendus une dernière fois.

28 février : Sentence des magistrats d'Abbeville. Condamnation de La Barre à la décollation et au bûcher. « Fait et arrêté en la Chambre du Conseil de la sénéchaussée de Ponthieu à Abbeville. »

4 juin : Le parlement de Paris, « la grand-chambre assemblée », confirme l'arrêt d'Abbeville. Le *Dictionnaire philosophique* sera brûlé.

21 juin : Voltaire songe à se réfugier à Clèves, ville prussienne.

1er juillet : Supplice du chevalier de La Barre.

15 juillet : La *Relation de la mort du chevalier de La Barre* est envoyée à d'Argental. Voltaire se réfugie en Suisse, et prend les eaux de Rolle.

1774. *Avril :* D'Étallonde est à Ferney, Voltaire travaille à sa réhabilitation.

1775. *Juillet : Le Cri du sang innocent au roi très chrétien en son conseil,* daté du 30 juin, paraît, suivi du *Précis de la procédure d'Abbeville.* La grâce du roi est refusée.

1788. *Octobre :* La grâce est accordée.

2 décembre : Elle est entérinée par la Grand-Chambre.

RELATION DE LA MORT
DU CHEVALIER DE LA BARRE

PAR M. CASSEN, AVOCAT
AU CONSEIL DU ROI,

À MONSIEUR LE MARQUIS DE BECCARIA

Il semble, monsieur, que toutes les fois qu'un génie bienfaisant cherche à rendre service au genre humain, un démon funeste s'élève aussitôt pour détruire l'ouvrage de la raison.

À peine eûtes-vous instruit l'Europe par votre excellent livre sur les délits et les peines qu'un homme, qui se dit jurisconsulte, écrivit contre vous en France. Vous aviez soutenu la cause de l'humanité, et il fut l'avocat de la barbarie. C'est peut-être ce qui a préparé la catastrophe du jeune chevalier de La Barre, âgé de dix-neuf ans, et du fils du président d'Étallonde, qui n'en avait pas encore dix-huit.

Avant que je vous raconte, monsieur, cette horrible aventure qui a indigné l'Europe entière (excepté peut-être quelques fanatiques ennemis de la nature humaine), permettez-moi de poser ici deux principes que vous trouverez incontestables.

1° Quand une nation est encore assez plongée dans la barbarie pour faire subir aux accusés le supplice de la torture, c'est-à-dire pour leur faire souffrir mille morts au lieu d'une, sans savoir s'ils sont innocents ou coupables, il est clair au moins qu'on ne doit point exercer cette énorme fureur contre un accusé quand il convient de son crime, et qu'on n'a plus besoin d'aucune preuve.

2° Il est aussi absurde que cruel de punir les violations des usages reçus dans un pays, les délits commis contre l'opinion régnante, et qui n'ont opéré aucun mal physique, du même supplice dont on punit les parricides et les empoisonneurs.

Si ces deux règles ne sont pas démontrées, il n'y a plus de lois, il n'y a plus de raison sur la terre ; les hommes sont abandonnés à la plus capricieuse tyrannie, et leur sort est fort au-dessus de celui des bêtes.

Ces deux principes établis, je viens, monsieur, à la funeste histoire que je vous ai promise.

Il y avait dans Abbeville, petite cité de Picardie, une abbesse, fille d'un conseiller d'État très estimé ; c'est une dame aimable, de mœurs très régulières, d'une humeur douce et enjouée, bienfaisante, et sage sans superstition.

Un habitant d'Abbeville, nommé Belleval, âgé de soixante ans, vivait avec elle dans une grande intimité, parce qu'il était chargé de quelques affaires du couvent : il est lieutenant d'une espèce de petit tribunal qu'on appelle l'élection, si on peut donner le nom de tribunal à une compagnie de bourgeois uniquement préposés pour régler l'assise de l'impôt appelé la taille. Cet homme devint amoureux de l'abbesse, qui ne le repoussa d'abord qu'avec sa douceur ordinaire, mais qui fut ensuite obligée de marquer son aversion et son mépris pour ses importunités trop redoublées.

Elle fit venir chez elle dans ce temps-là, en 1764, le chevalier de La Barre, son neveu, petit-fils d'un lieutenant général des armées, mais dont le père avait dissipé une fortune de plus de quarante mille livres de rentes : elle prit soin de ce jeune homme comme de son fils, et elle était prête de lui faire obtenir une compagnie de cavalerie ; il fut logé dans l'extérieur du couvent, et madame sa tante lui donnait souvent à souper, ainsi qu'à quelques jeunes gens de ses amis. Le sieur Belleval, exclu de ces soupers, se vengea en suscitant à l'abbesse quelques affaires d'intérêt.

Le jeune La Barre prit vivement le parti de sa tante, et parla à cet homme avec une hauteur qui le révolta entièrement. Belleval résolut de se venger ; il sut que le chevalier de La Barre et le jeune d'Étallonde, fils du président de l'élection, avaient passé depuis peu devant une procession sans ôter leur chapeau : c'était au mois de juillet 1765. Il chercha dès ce moment à faire regarder cet oubli momentané des bienséances comme une insulte

préméditée faite à la religion. Tandis qu'il ourdis-
sait secrètement cette trame, il arriva malheureusement que, le 9 août de la même année, on s'aperçut
que le crucifix de bois posé sur le pont neuf d'Abbeville était endommagé, et l'on soupçonna que des
soldats ivres avaient commis cette insolence impie.

Je ne puis m'empêcher, monsieur, de remarquer
ici qu'il est peut-être indécent et dangereux d'ex-
poser sur un pont ce qui doit être révéré dans un
temple catholique ; les voitures publiques peuvent
aisément le briser ou le renverser par terre. Des
ivrognes peuvent l'insulter au sortir d'un cabaret,
sans savoir même quel excès ils commettent. Il faut
remarquer encore que ces ouvrages grossiers, ces
crucifix de grand chemin, ces images de la vierge
Marie, ces enfants Jésus qu'on voit dans des ni-
ches de plâtre au coin des rues de plusieurs villes,
ne sont pas un objet d'adoration tels qu'ils le sont
dans nos églises : cela est si vrai qu'il est permis de
passer devant ces images sans les saluer. Ce sont
des monuments d'une piété mal éclairée ; et, au
jugement de tous les hommes sensés, ce qui est
saint ne doit être que dans le lieu saint.

Malheureusement l'évêque d'Amiens, étant
aussi évêque d'Abbeville[1], donna à cette aventure
une célébrité et une importance qu'elle ne méritait

---

1. Louis-Gabriel François de La Motte. Il intervint personnel-
lement auprès de Louis XV.

pas. Il fit lancer des monitoires ; il vint faire une procession solennelle auprès de ce crucifix, et on ne parla dans Abbeville que de sacrilèges pendant une année entière. On disait qu'il se formait une nouvelle secte qui brisait tous les crucifix, qui jetait par terre toutes les hosties et les perçait à coups de couteau. On assurait qu'elles avaient répandu beaucoup de sang. Il y eut des femmes qui crurent en avoir été témoins. On renouvela tous les contes calomnieux répandus contre les Juifs dans tant de villes de l'Europe. Vous connaissez, monsieur, à quel excès la populace porte la crédulité et le fanatisme, toujours encouragé par les moines.

Le sieur Belleval, voyant les esprits échauffés, confondit malicieusement ensemble l'aventure du crucifix et celle de la procession, qui n'avaient aucune connexité. Il rechercha toute la vie du chevalier de La Barre : il fit venir chez lui valets, servantes, manœuvres ; il leur dit d'un ton d'inspiré qu'ils étaient obligés, en vertu des monitoires, de révéler tout ce qu'ils avaient pu apprendre à la charge de ce jeune homme : ils répondirent tous qu'ils n'avaient jamais entendu dire que le chevalier de La Barre eût la moindre part à l'endommagement du crucifix.

On ne découvrit aucun indice touchant cette mutilation, et même alors il parut fort douteux que le crucifix eût été mutilé exprès. On commença à croire (ce qui était assez vraisemblable) que quelque charrette chargée de bois avait causé cet accident.

« Mais, dit Belleval, à ceux qu'il voulait faire parler, si vous n'êtes pas sûrs que le chevalier de La Barre ait mutilé un crucifix en passant sur le pont, vous savez au moins que cette année, au mois de juillet, il a passé dans une rue avec deux de ses amis à trente pas d'une procession sans ôter son chapeau. Vous avez ouï-dire qu'il a chanté une fois des chansons libertines ; vous êtes obligés de l'accuser sous peine de péché mortel. »

Après les avoir ainsi intimidés, il alla lui-même chez le premier juge de la sénéchaussée d'Abbeville. Il y déposa contre son ennemi, il força ce juge à entendre les dénonciateurs.

La procédure une fois commencée, il y eut une foule de délations. Chacun disait ce qu'il avait vu ou cru voir, ce qu'il avait entendu ou cru entendre. Mais quel fut, monsieur, l'étonnement de Belleval, lorsque les témoins qu'il avait suscités lui-même contre le chevalier de La Barre dénoncèrent son propre fils comme un des principaux complices des impiétés secrètes qu'on cherchait à mettre au grand jour ! Belleval fut frappé comme d'un coup de foudre : il fit incontinent évader son fils ; mais, ce que vous croirez à peine, il n'en poursuivit pas avec moins de chaleur cet affreux procès.

Voici, monsieur, quelles sont les charges.

Le 13 août 1765, six témoins déposent qu'ils ont vu passer trois jeunes gens à trente pas d'une procession, que les sieurs de La Barre et d'Étallonde avaient leur chapeau sur la tête, et le sieur Moisnel le chapeau sous le bras.

Dans une addition d'information, une Élisabeth Lacrivel dépose avoir entendu dire à un de ses cousins que ce cousin avait entendu dire au chevalier de La Barre qu'il n'avait pas ôté son chapeau.

Le 26 septembre, une femme du peuple, nommée Ursule Gondalier, dépose qu'elle a entendu dire que le chevalier de La Barre, voyant une image de saint Nicolas en plâtre chez la sœur Marie, tourière du couvent, il demanda à cette tourière si elle avait acheté cette image pour avoir celle d'un homme chez elle.

Le nommé Bauvalet dépose que le chevalier de La Barre a proféré un mot impie en parlant de la vierge Marie.

Claude, dit Sélincourt, témoin unique, dépose que l'accusé lui a dit que les commandements de Dieu ont été faits par des prêtres ; mais à la confrontation, l'accusé soutient que Sélincourt est un calomniateur, et qu'il n'a été question que des commandements de l'Église.

Le nommé Héquet, témoin unique, dépose que l'accusé lui a dit ne pouvoir comprendre comment on avait adoré un dieu de pâte. L'accusé, dans la confrontation, soutient qu'il a parlé des Égyptiens.

Nicolas Lavallée dépose qu'il a entendu chanter au chevalier de La Barre deux chansons libertines de corps de garde. L'accusé avoue qu'un jour, étant ivre, il les a chantées avec le sieur d'Étallonde, sans savoir ce qu'il disait ; que dans cette chanson on appelle, à la vérité, sainte Marie-Magdeleine putain, mais qu'avant sa conversion elle avait mené une vie débordée : il est convenu d'avoir récité l'*Ode à Priape* du sieur Piron.

Le nommé Héquet dépose encore, dans une addition, qu'il a vu le chevalier de La Barre faire une petite génuflexion devant les livres intitulés *Thérèse philosophe*, la *Tourière des carmélites*, et le *Portier des chartreux*. Il ne désigne aucun autre livre, mais au récolement et à la confrontation il dit qu'il n'est pas sûr que ce fût le chevalier de La Barre qui fit ces génuflexions.

Le nommé Lacour dépose qu'il a entendu dire à l'accusé au *nom du c…*, au lieu de dire *au nom du Père,* etc. Le chevalier, dans son interrogatoire sur la sellette, a nié ce fait.

Le nommé Pétignot dépose qu'il a entendu l'accusé réciter les litanies du *c…* telles à peu près qu'on les trouve dans Rabelais, et que je n'ose rapporter ici. L'accusé le nie dans son interrogatoire sur la sellette : il avoue qu'il a en effet prononcé *c…*, mais il nie tout le reste.

Voilà, monsieur, toutes les accusations portées contre le chevalier de La Barre, le sieur Moisnel, le sieur d'Étallonde, Jean-François Douville de Maillefeu, et le fils du nommé Belleval, auteur de toute cette tragédie.

Il est constaté qu'il n'y avait eu aucun scandale public, puisque La Barre et Moisnel ne furent arrêtés que sur des monitoires lancés à l'occasion de la mutilation du crucifix, mutilation scandaleuse et publique, dont ils ne furent chargés par aucun témoin. On rechercha toutes les actions de leur vie, leurs conversations secrètes, des paroles échappées un an auparavant ; on accumula des choses qui n'avaient aucun rapport ensemble, et en cela même la procédure fut très vicieuse.

Sans ces monitoires et sans les mouvements violents que se donna Belleval, il n'y aurait jamais eu de la part de ces enfants infortunés ni scandale ni procès criminel : le scandale public n'a été que dans le procès même.

Le monitoire d'Abbeville fit précisément le même effet que celui de Toulouse contre les Calas ; il troubla les cervelles et les consciences. Les témoins, excités par Belleval comme ceux de Toulouse l'avaient été par le capitoul David, rappelèrent, dans leur mémoire, des faits, des discours vagues, dont il n'était guère possible qu'on pût se rappeler exactement les circonstances, ou favorables ou aggravantes.

Il faut avouer, monsieur, que s'il y a quelques cas où un monitoire est nécessaire, il y en a beaucoup d'autres où il est très dangereux. Il invite les gens de la lie du peuple à porter des accusations contre les personnes élevées au-dessus d'eux, dont ils sont toujours jaloux. C'est alors un ordre intimé par l'Église de faire le métier infâme de délateur. Vous êtes menacé de l'enfer si vous ne mettez pas votre prochain en péril de sa vie.

Il n'y a peut-être rien de plus illégal dans les tribunaux de l'Inquisition ; et une grave preuve de l'illégalité de ces monitoires, c'est qu'ils n'émanent point directement des magistrats, c'est le pouvoir ecclésiastique qui les décerne. Chose étrange qu'un ecclésiastique, qui ne peut juger à mort, mette ainsi dans la main des juges le glaive qu'il lui est défendu de porter !

Il n'y eut d'interrogés que le chevalier et le sieur Moisnel, enfant d'environ quinze ans. Moisnel, tout intimidé et entendant prononcer au juge le mot d'attentat contre la religion, fut si hors de lui qu'il se jeta à genoux et fit une confession générale comme s'il eût été devant un prêtre. Le chevalier de La Barre, plus instruit et d'un esprit plus ferme, répondit toujours avec beaucoup de raison, et disculpa Moisnel, dont il avait pitié. Cette conduite, qu'il eut jusqu'au dernier moment, prouve qu'il avait une belle âme. Cette preuve aurait dû être comptée pour beaucoup aux yeux de juges intelligents, et ne lui servit de rien.

Dans ce procès, monsieur, qui a eu des suites si

affreuses, vous ne voyez que des indécences, et pas une action noire ; vous n'y trouvez pas un seul de ces délits qui sont des crimes chez toutes les nations, point de meurtre, point de brigandage, point de violence, point de lâcheté : rien de ce qu'on reproche à ces enfants ne serait même un délit dans les autres communions chrétiennes. Je suppose que le chevalier de La Barre et M. d'Étallonde aient dit que l'on ne doit pas adorer un dieu de pâte, c'est précisément et mot à mot ce que disent tous ceux de la religion réformée.

Le chancelier d'Angleterre prononcerait ces mots en plein parlement sans qu'ils fussent relevés par personne. Lorsque milord Lockhart était ambassadeur à Paris, un habitué de paroisse porta furtivement l'eucharistie dans son hôtel à un domestique malade qui était catholique ; milord Lockhart, qui le sut, chassa l'habitué de sa maison ; il dit au cardinal Mazarin qu'il ne souffrirait pas cette insulte. Il traita en propres termes l'eucharistie de dieu de pâte et d'idolâtrie. Le cardinal Mazarin lui fit des excuses.

Le grand archevêque Tillotson[1], le meilleur prédicateur de l'Europe, et presque le seul qui n'ait point déshonoré l'éloquence par de fades lieux communs ou par de vaines phrases fleuries comme Cheminais, ou par de faux raisonnements comme

---

1. John Tillotson, prélat anglais.

Bourdaloue, l'archevêque Tillotson, dis-je, parle précisément de notre eucharistie comme le chevalier de La Barre. Les mêmes paroles respectées dans milord Lockhart à Paris, et dans la bouche de milord Tillotson à Londres, ne peuvent donc être en France qu'un délit local, un délit de lieu et de temps, un mépris de l'opinion vulgaire, un discours échappé au hasard devant une ou deux personnes. N'est-ce pas le comble de la cruauté de punir ces discours secrets du même supplice dont on punirait celui qui aurait empoisonné son père et sa mère, et qui aurait mis le feu aux quatre coins de sa ville ?

Remarquez, monsieur, je vous en supplie, combien on a deux poids et deux mesures. Vous trouverez dans la *vingt-quatrième Lettre persane* de M. de Montesquieu, président à mortier du parlement de Bordeaux, de l'Académie française, ces propres paroles : « Ce magicien s'appelle pape ; tantôt il fait croire que trois ne sont qu'un, que le pain qu'on mange n'est pas du pain, ou que le vin qu'on boit n'est pas du vin, et mille autres choses de cette espèce. »

M. de Fontenelle s'était exprimé de la même manière dans sa relation de Rome et de Genève sous le nom de *Méro* et d'*Énegu*. Il y avait dix mille fois plus de scandale dans ces paroles de MM. de Fontenelle et de Montesquieu, exposées, par la lecture, aux yeux de dix mille personnes, qu'il n'y en

avait dans deux ou trois mots échappés au chevalier de La Barre devant un seul témoin, paroles
perdues dont il ne restait aucune trace. Les discours secrets doivent être regardés comme des
pensées ; c'est un axiome dont la plus détestable
barbarie doit convenir.

Je vous dirai plus, monsieur ; il n'y a point en
France de loi expresse qui condamne à mort pour
des blasphèmes. L'ordonnance de 1666 prescrit
une amende pour la première fois, le double pour
la seconde, etc., et le pilori pour la sixième réci-
dive.

Cependant les juges d'Abbeville, par une ignorance et une cruauté inconcevables, condamnèrent
le jeune d'Étallonde, âgé de dix-huit ans :

1° À souffrir le supplice de l'amputation de la
langue jusqu'à la racine, ce qui s'exécute de manière que si le patient ne présente pas la langue
lui-même, on la lui tire avec des tenailles de fer, et
on la lui arrache.

2° On devait lui couper la main droite à la porte
de la principale église.

3° Ensuite il devait être conduit dans un tombereau à la place du marché, être attaché à un po-
teau avec une chaîne de fer, et être brûlé à petit
feu. Le sieur d'Étallonde avait heureusement épar-
gné, par la fuite, à ses juges l'horreur de cette exécution.

Le chevalier de La Barre étant entre leurs mains, ils eurent l'humanité d'adoucir la sentence, en ordonnant qu'il serait décapité avant d'être jeté dans les flammes ; mais s'ils diminuèrent le supplice d'un côté, ils l'augmentèrent de l'autre, en le condamnant à subir la question ordinaire et extraordinaire, pour lui faire déclarer ses complices ; comme si des extravagances de jeune homme, des paroles emportées dont il ne reste pas le moindre vestige, étaient un crime d'État, une conspiration. Cette étonnante sentence fut rendue le 28 février de cette année 1 766.

La jurisprudence de France est dans un si grand chaos, et conséquemment l'ignorance des juges est si grande, que ceux qui portèrent cette sentence se fondèrent sur une déclaration de Louis XIV, émanée en 1682, à l'occasion des prétendus sortilèges et des empoisonnements réels commis par la Voisin, la Vigoureux, et les deux prêtres nommés Vigoureux et Le Sage. Cette ordonnance de 1682 prescrit à la vérité la peine de mort pour le sacrilège joint à la superstition ; mais il n'est question, dans cette loi, que de magie et de sortilège, c'est-à-dire de ceux qui, en abusant de la crédulité du peuple et en se disant magiciens, sont à la fois profanateurs et empoisonneurs : voilà la lettre et l'esprit de la loi : il s'agit, dans cette loi, de faits criminels pernicieux à la société, et non pas de vaines paroles, d'imprudences, de légèretés, de sottises commises sans aucun dessein prémédité, sans aucun complot, sans même aucun scandale public.

Les juges de la ville d'Abbeville péchaient donc visiblement contre la loi autant que contre l'humanité, en condamnant à des supplices aussi épouvantables que recherchés un gentilhomme et un fils d'une très honnête famille, tous deux dans un âge où l'on ne pouvait regarder leur étourderie que comme un égarement qu'une année de prison aurait corrigé. Il y avait même si peu de corps de délit que les juges, dans leur sentence, se servent de ces termes vagues et ridicules employés par le petit peuple : « pour avoir chanté des chansons abominables et exécrables contre la vierge Marie, les saints et saintes ». Remarquez, monsieur, qu'ils n'avaient chanté ces « chansons abominables et exécrables contre les saints et saintes » que devant un seul témoin, qu'ils pouvaient récuser légalement. Ces épithètes sont-elles de la dignité de la magistrature ? Une ancienne chanson de table n'est après tout qu'une chanson. C'est le sang humain légèrement répandu, c'est la torture, c'est le supplice de la langue arrachée, de la main coupée, du corps jeté dans les flammes, qui est abominable et exécrable.

La sénéchaussée d'Abbeville ressortit au parlement de Paris. Le chevalier de La Barre y fut transféré, son procès y fut instruit. Dix des plus célèbres avocats de Paris signèrent une consultation par laquelle ils démontrèrent l'illégalité des procédures, et l'indulgence qu'on doit à des enfants mineurs, qui ne sont accusés ni d'un complot, ni d'un crime réfléchi ; le procureur général, versé dans la jurisprudence, conclut à casser la sentence d'Abbeville : il y avait vingt-cinq juges, dix acquiescèrent aux conclusions du procureur général[1] ; mais des circonstances singulières, que je ne puis mettre par écrit, obligèrent les quinze autres à confirmer cette sentence étonnante, le 4 juin 1766.

Est-il possible, monsieur, que, dans une société qui n'est pas sauvage, cinq voix de plus sur vingt-cinq suffisent pour arracher la vie à un accusé, et très souvent à un innocent ? Il faudrait dans un tel cas de l'unanimité ; il faudrait au moins que les trois quarts des voix fussent pour la mort, encore, en ce dernier cas, le quart des juges qui mitigerait l'arrêt devrait, dans l'opinion des cœurs bien faits, l'emporter sur les trois quarts de ces bourgeois cruels, qui se jouent impunément de la vie de leurs concitoyens sans que la société en retire le moindre avantage.

La France entière regarda ce jugement avec horreur. Le chevalier de La Barre fut renvoyé à Abbeville pour y être exécuté. On fit prendre aux archers qui le conduisaient des chemins détour-

1. Omer Joly de Fleury.

nés ; on craignait que le chevalier de La Barre ne fût délivré sur la route par ses amis ; mais c'était ce qu'on devait souhaiter plutôt que craindre.

Enfin, le 1er juillet de cette année, se fit dans Abbeville cette exécution trop mémorable : cet enfant fut d'abord appliqué à la torture. Voici quel est ce genre de tourment.

Les jambes du patient sont serrées entre des ais ; on enfonce des coins de fer ou de bois entre les ais et les genoux, les os en sont brisés. Le chevalier s'évanouit, mais il revint bientôt à lui à l'aide de quelques liqueurs spiritueuses, et déclara, sans se plaindre, qu'il n'avait point de complices.

On lui donna pour confesseur et pour assistant un dominicain[1], ami de sa tante l'abbesse, avec lequel il avait souvent soupé dans le couvent. Ce bon homme pleurait, et le chevalier le consolait. On leur servit à dîner. Le dominicain ne pouvait manger. « Prenons un peu de nourriture, lui dit le chevalier ; vous aurez besoin de force autant que moi pour soutenir le spectacle que je vais donner. »

Le spectacle en effet était terrible : on avait envoyé de Paris cinq bourreaux pour cette exécution. Je ne puis dire en effet si on lui coupa la langue et la main. Tout ce que je sais par les lettres d'Abbe-

---

1. Le P. Bocquet, jacobin, docteur en Sorbonne et Théogal de Saint-Wulfram.

ville, c'est qu'il monta sur l'échafaud avec un courage tranquille, sans plainte, sans colère, et sans ostentation : tout ce qu'il dit au religieux qui l'assistait se réduit à ces paroles : « Je ne croyais pas qu'on pût faire mourir un gentilhomme pour si peu de chose. »

Il serait devenu certainement un excellent officier : il étudiait la guerre par principes ; il avait fait des remarques sur quelques ouvrages du roi de Prusse et du maréchal de Saxe, les deux plus grands généraux de l'Europe.

Lorsque la nouvelle de sa mort fut reçue à Paris, le nonce dit publiquement qu'il n'aurait point été traité ainsi à Rome, et que s'il avait avoué ses fautes à l'Inquisition d'Espagne, ou du Portugal, il n'eût été condamné qu'à une pénitence de quelques années.

Je laisse, monsieur, à votre humanité et à votre sagesse le soin de faire des réflexions sur un événement si affreux, si étrange, et devant lequel tout ce qu'on nous conte des prétendus supplices des premiers chrétiens doit disparaître. Dites-moi quel est le plus coupable, ou un enfant qui chante deux chansons réputées impies dans sa seule secte, et innocentes dans tout le reste de la terre, ou un juge qui ameute ses confrères pour faire périr cet enfant indiscret par une mort affreuse.

Le sage et éloquent marquis de Vauvenargues a dit : « Ce qui n'offense pas la société n'est pas du

ressort de sa justice. » Cette vérité doit être la base
de tous les codes criminels ; or certainement le
chevalier de La Barre n'avait pas nui à la société
en disant une parole imprudente à un valet, à
une tourière, en chantant une chanson. C'étaient
des imprudences secrètes dont on ne se souvenait
plus ; c'étaient des légèretés d'enfant oubliées depuis plus d'une année, et qui ne furent tirées de
leur obscurité que par le moyen d'un monitoire
qui les fit révéler, monitoire fulminé pour un autre
objet, monitoire qui forma des délateurs, monitoire tyrannique, fait pour troubler la paix de toutes les familles.

Il est si vrai qu'il ne faut pas traiter un jeune
homme imprudent comme un scélérat consommé
dans le crime que le jeune M. d'Étallonde, condamné par les mêmes juges à une mort encore
plus horrible, a été accueilli par le roi de Prusse et
mis au nombre de ses officiers ; il est regardé par
tout le régiment comme un excellent sujet : qui sait
si un jour il ne viendra pas se venger de l'affront
qu'on lui a fait dans sa patrie ?

L'exécution du chevalier de La Barre consterna
tellement tout Abbeville, et jeta dans les esprits
une telle horreur, que l'on n'osa pas poursuivre le
procès des autres accusés.

Vous vous étonnez sans doute, monsieur, qu'il
se passe tant de scènes si tragiques dans un pays
qui se vante de la douceur de ses mœurs, et où les

étrangers mêmes venaient en foule chercher les
agréments de la société. Mais je ne vous cacherai
point que s'il y a toujours un certain nombre d'esprits indulgents et aimables, il reste encore dans
plusieurs autres un ancien caractère de barbarie
que rien n'a pu effacer. Vous retrouverez encore
ce même esprit qui fit mettre à prix la tête d'un
cardinal premier ministre, et qui conduisait l'archevêque de Paris, un poignard à la main, dans le
sanctuaire de la justice[1]. Certainement la religion
était plus outragée par ces deux actions que par les
étourderies du chevalier de La Barre ; mais voilà
comme va le monde :

Ille crucem sceleris pretium tulit, hic diadema[2].

(Juvén., *sat.* XIII, v. 105.)

Quelques juges ont dit que, dans les circonstances présentes, la religion avait besoin de ce funeste
exemple. Ils se sont bien trompés ; rien ne lui a
fait plus de tort. On ne subjugue pas ainsi les esprits ; on les indigne et on les révolte.

J'ai entendu dire malheureusement à plusieurs
personnes qu'elles ne pouvaient s'empêcher de dé-
tester une secte qui ne se soutenait que par des

1. Allusions au cardinal de Retz et à Mazarin pendant la première Fronde.
2. « L'un reçoit la croix pour prix de son forfait, l'autre le dia-
dème. »

bourreaux. Ces discours publics et répétés m'ont fait frémir plus d'une fois.

On a voulu faire périr, par un supplice réservé aux empoisonneurs et aux parricides, des enfants accusés d'avoir chanté d'anciennes chansons blasphématoires, et cela même a fait prononcer plus de cent mille blasphèmes. Vous ne sauriez croire, monsieur, combien cet événement rend notre religion catholique romaine exécrable à tous les étrangers. Les juges disent que la politique les a forcés à en user ainsi. Quelle politique imbécile et barbare ! Ah ! monsieur, quel crime horrible contre la justice de prononcer un jugement par politique, surtout un jugement de mort ! et encore de quelle mort !

L'attendrissement et l'horreur qui me saisissent ne me permettent pas d'en dire davantage.

J'ai l'honneur d'être, etc.

À M. LE COMTE DE ROCHEFORT

Aux eaux de Rolle, 16 de juillet
[1766]

La petite acquisition de mon cœur, que vous avez faite, monsieur, vous est bien confirmée. En vous remerciant des ruines de la Grèce, que vous voulez bien m'envoyer. Vous voyez quelquefois dans Paris les ruines du bon goût et du bon sens, et vous ne verrez jamais que chez un petit nombre de sages les ruines que vous désirez de voir.

Voici une relation (*la Relation d'Abbeville*) qu'on m'envoie, dans laquelle vous trouverez un triste exemple de la décadence de l'humanité. On me mande que cette horrible aventure n'a presque point fait de sensation dans Paris. Les atrocités qui ne se passent point sous nos yeux ne nous touchent guère ; personne même ne savait la cause de cette funeste catastrophe. On ne pouvait pas deviner qu'un vieux élu, très réprouvé, amoureux, à soixante ans, d'une abbesse, et jaloux d'un jeune homme de vingt-deux ans, avait seul été l'auteur d'un événement si déplorable. Si Sa Majesté en avait été informée, je suis persuadé que la bonté de son caractère l'aurait portée à faire grâce.

Voilà trois désastres bien extraordinaires, en peu d'années : ceux des Calas, des Sirven et de ces malheureux jeunes gens d'Abbeville. À quels pièges affreux la nature humaine est exposée ! Je bénis ma fortune qui me fait achever ma vie dans les déserts des Suisses, où l'on ne connaît point de pareilles abominations. Elles mettent la noirceur dans l'âme. Les Français passent pour être gais et polis ; il vaudrait bien mieux passer pour être humains. Démocrite doit rire de nos folies ; mais Héraclite doit pleurer de nos cruautés. Je retournerai demain dans l'ermitage où vous m'avez vu pour recevoir le prince de Brunswick. On le dit humain et généreux : c'est le caractère des braves gens. Les robes noires, qui n'ont jamais connu le danger, sont barbares.

Pardonnez à la tristesse de ma lettre, vous, monsieur, qui pensez comme le prince de Brunswick. Conservez-moi une amitié que je mérite par mon tendre et respectueux attachement pour vous.

À D'ALEMBERT

18 juillet [1766]

Frère Damilaville vous a communiqué sans doute la *Relation* d'Abbeville, mon cher philosophe. Je ne conçois pas comment des êtres pensants peuvent demeurer dans un pays de singes qui deviennent si souvent tigres. Pour moi, j'ai honte d'être même sur la frontière. En vérité, voici le temps de rompre ses liens, et de porter ailleurs l'horreur dont on est pénétré. Je n'ai pu parvenir à recevoir la consultation des avocats ; vous l'avez vue sans doute, et vous avez frémi. Ce n'est plus le temps de plaisanter, les bons mots ne conviennent point aux massacres. Quoi ! des Busiris en robe font périr dans les plus horribles supplices des enfants de seize ans ! et cela malgré l'avis de dix juges intègres et humains ! Et la nation le souffre ! À peine en parle-t-on un moment, on court ensuite à l'Opéra-Comique ; et la barbarie, devenue plus insolente par notre silence, égorgera demain qui elle voudra juridiquement ; et vous surtout, qui aurez élevé la voix contre elle deux ou trois minutes. Ici Calas roué, là Sirven pendu, plus loin un bâillon dans la bouche d'un lieutenant général, quinze jours après, cinq jeunes gens condamnés aux flammes pour des folies qui méritaient Saint-Lazare. Qu'importe l'Avant-propos du roi de Prusse ? Apporte-t-il le moindre remède à ces maux exécrables ? est-ce là le pays de la philosophie et des agréments ? C'est celui de la Saint-Barthélemy. L'Inquisition n'aurait pas osé faire ce que des juges jansénistes viennent d'exécuter. Mandez-moi, je vous en prie, ce qu'on dit du moins, puisqu'on ne fait rien. C'est une misérable consolation d'apprendre que des monstres sont abhorrés, mais c'est la seule qui reste à notre faiblesse, et je vous la demande. M. le prince de Brunswick est outré d'indignation, de colère, et de pitié. Redoublez tous ces sentiments dans mon cœur par deux mots de votre main, que vous enverrez, par la petite poste, à frère Damilaville. Votre amitié, et celle de quelques êtres pensants, est le seul plaisir auquel je puisse être sensible.

À M. LE MARÉCHAL DUC DE RICHELIEU

19 d'aoust comme disent les Velches,
car ailleurs on dit d'auguste [1766]

Je demande pardon à mon héros de ne lui point
écrire de ma main, et je lui demande encore pardon
de ne lui pas écrire gaiement ; mais je suis malade
et triste. Sa missionnaire[1] a l'air d'un oiseau ; elle
s'en retourne à tire-d'aile à Paris. Vous avez bien
raison de dire qu'elle a une imagination brillante
et faite pour vous. Elle dit que vous n'avez que
trente à quarante ans, tout au plus ; elle me confirme dans l'idée où j'ai toujours été que vous n'êtes
pas un homme comme un autre. Je vous admire
sans pouvoir vous suivre. Vous savez que la terre
est couverte de chênes et de roseaux : vous êtes le
chêne, et je suis un vieux roseau tout courbé par
les orages. J'avoue même que la tempête, qui a fait
périr ce jeune fou de chevalier de La Barre, m'a fait
plier la tête. Il faut bien que ce malheureux jeune
homme n'ait pas été aussi coupable qu'on l'a dit,
puisque non seulement huit avocats ont pris sa défense, mais que, de vingt-cinq juges, il y en a eu
dix qui n'ont jamais voulu opiner à la mort.

J'ai une nièce dont les terres sont aux portes

---

1. Anne Madeleine de La Tour du Pin, épouse du baron d'Argental.

d'Abbeville[1]. J'ai entre les mains l'interrogatoire ;
et je peux vous assurer que, dans toute cette affaire, il y a tout au plus de quoi enfermer pour
trois mois à Saint-Lazare des étourdis dont le plus
âgé avait vingt et un ans, et le plus jeune quinze et
demi.

Il semble que l'affaire des Calas n'ait inspiré que
de la cruauté. Je ne m'accoutume point à ce mé-
lange de frivolité et de barbarie : des singes deve-
nus des tigres affligent ma sensibilité, et révoltent
mon esprit. Il est triste que les nations étrangères ne
nous connaissent, depuis quelques années, que par
les choses les plus avilissantes et les plus odieuses.

Je ne suis point étonné d'ailleurs que la calomnie se joigne à la cruauté. Le hasard, ce maître du
monde, m'avait adressé une malheureuse famille
qui se trouve précisément dans la même situation
que les Calas, et pour laquelle les mêmes avocats
vont présenter la même requête. Le roi de Prusse
m'ayant envoyé cinq cents livres d'aumône pour
cette famille malheureuse, et lui ayant offert un
asile dans ses États, je lui ai répondu avec la cajo-
lerie qu'il faut mettre dans les lettres qu'on écrit à
des rois victorieux. C'était dans le temps que
M. le prince de Brunswick faisait à mes petits pé-
nates le même honneur que vous avez daigné leur
faire. Voilà l'occasion du bruit qui a couru que je

---

1. Mme Florian.

voulais aller finir ma carrière dans les États du roi de Prusse ; chose dont je suis très éloigné, presque tout mon bien étant placé dans le Palatinat et dans la Souabe. Je sais que tous les lieux sont égaux, et qu'il est fort indifférent de mourir sur les bords de l'Elbe ou du Rhin. Je quitterais même sans regret la retraite où vous avez daigné me voir, et que j'ai très embellie. Il la faudra même quitter, si la calomnie m'y force ; mais je n'en ai eu, jusqu'à présent, nulle envie.

Il faut que je vous dise une chose bien singulière. On a affecté de mettre, dans l'arrêt qui condamne le chevalier de La Barre, qu'il faisait des génuflexions devant le *Dictionnaire philosophique* ; il n'avait jamais eu ce livre. Le procès-verbal porte qu'un de ses camarades et lui s'étaient mis à genoux devant *Le Portier des chartreux*, et l'*Ode à Priape* de Piron ; ils récitaient les *Litanies du c..* ; ils faisaient des folies de jeunes pages ; et il n'y avait personne de la bande qui fût capable de lire un livre de philosophie. Tout le mal est venu d'une abbesse dont un vieux scélérat a été jaloux, et le roi n'a jamais su la cause véritable de cette horrible catastrophe. La voix du public indigné s'est tellement élevée contre ce jugement atroce, que les juges n'ont pas osé poursuivre le procès après l'exécution du chevalier de La Barre, qui est mort avec un courage et un sang-froid étonnants, et qui serait devenu un excellent officier.

Des avocats m'ont mandé qu'on avait fait jouer dans cette affaire des ressorts abominables. J'y suis intéressé par ce *Dictionnaire philosophique* qu'on m'a très faussement imputé. J'en suis si peu l'auteur, que l'article *Messie*, qui est tout entier dans le *Dictionnaire encyclopédique*, est d'un ministre protestant, homme de condition, et très homme de bien ; et j'ai entre les mains son manuscrit, écrit de sa propre main.

Il y a plusieurs autres articles dont les auteurs sont connus ; et, en un mot, on ne pourra jamais me convaincre d'être l'auteur de cet ouvrage. On m'impute beaucoup de livres, et depuis longtemps je n'en fais aucun. Je remplis mes devoirs ; j'ai, Dieu merci, les attestations de mes curés et des États de ma petite province. On peut me persécuter, mais ce ne sera certainement pas avec justice. Si d'ailleurs j'avais besoin d'un asile, il n'y a aucun souverain, depuis l'impératrice de Russie jusqu'au landgrave de Hesse, qui ne m'en ait offert. Je ne serais pas persécuté en Italie ; pourquoi le serais-je dans ma patrie ? Je ne vois pas quelle pourrait être la raison d'une persécution nouvelle, à moins que ce ne fût pour plaire à Fréron.

J'ai encore une chose à vous dire, mon héros, dans ma confession générale, c'est que je n'ai jamais été gai que par emprunt. Quiconque fait des tragédies et écrit des histoires, est naturellement sérieux, quelque français qu'il puisse être. Vous avez adouci et égayé mes mœurs, quand j'ai été assez heureux pour vous faire ma cour. J'étais chenille, j'ai pris quelquefois des ailes de papillon ; mais je suis redevenu chenille.

Vivez heureux, et vivez longtemps : voilà mon refrain. La nation a besoin de vous. Le prince de Brunswick se désespérait de ne vous avoir pas vu ; il convenait avec moi que vous êtes le seul qui ayez soutenu la gloire de la France. Votre gaieté doit être inaltérable ; elle est accompagnée des suffrages du public, et je ne connais guère de carrière plus belle que la vôtre.

Agréez mes vœux ardents et mon très respectueux hommage qui ne finira qu'avec ma vie. V.

P.S. Oserais-je vous conjurer de donner ce mémoire à M. de Saint-Florentin, et de daigner l'appuyer de votre puissante protection et de toutes vos forces ? Quand on peut, avec des paroles, tirer une famille d'honnêtes gens de la plus horrible calamité, on doit dire ces paroles : je vous le demande en grâce.

À M. D'ÉTALLONDE DE MORIVAL

Le 10 février [1767]

Dans la situation où vous êtes, monsieur, j'ai cru ne pouvoir mieux faire que de prendre la liberté de vous recommander fortement au maître que vous servez aujourd'hui. Il est vrai que ma recommandation est bien peu de chose, et qu'il ne m'appartient pas d'oser espérer qu'il puisse y avoir égard ; mais il me parut, l'année passée, si touché et si indigné de l'horrible destinée de votre ami et de la barbarie de vos juges ; il me fit l'honneur de m'en écrire plusieurs fois avec tant de compassion et tant de philosophie, que j'ai cru devoir lui parler à cœur ouvert, en dernier lieu, de ce qui vous regarde. Il sait que vous n'êtes coupable que de vous être moqué inconsidérément d'une superstition que tous les hommes sensés détestent dans le fond de leur cœur. Vous avez ri des grimaces des singes dans le pays des singes, et les singes vous ont déchiré. Tout ce qu'il y a d'honnêtes gens en France (et il y en a beaucoup) ont regardé votre arrêt avec horreur. Vous auriez pu aisément vous réfugier, sous un autre nom, dans quelque province ; mais, puisque vous avez pris le parti de servir un grand roi philosophe, il faut espérer que vous ne vous en repentirez pas. Les épreuves sont longues dans le service où vous êtes ; la discipline, sévère ; la fortune, médiocre, mais honnête. Je voudrais bien qu'en considération de votre malheur et de votre jeunesse il vous encourageât par quelque grade. Je lui ai mandé que vous m'aviez écrit une lettre pleine de raison, que vous avez de l'esprit, que vous êtes rempli de bonne volonté, que votre fatale aventure servira à vous rendre plus circonspect et plus attaché à vos devoirs.

Vous saurez sans doute bientôt l'allemand parfaitement ; cela ne vous sera pas inutile. Il y aura mille occasions où le roi pourra vous employer, en conséquence des bons témoignages qu'on rendra de vous. Quelquefois les plus grands malheurs ont ouvert le chemin de la fortune. Si vous trouvez, dans le pays où vous êtes, quelque poste à votre convenance, quelque place que vous puissiez demander, vous n'avez qu'à m'écrire à la même adresse, et je rependrai la liberté d'en écrire au roi. Mon premier dessein était de vous faire entrer dans un établissement qu'on projetait à Clèves, mais il est survenu des obstacles ; ce projet a été dérangé, et les bontés du roi que vous servez me paraissent à présent d'une grande ressource.

Celui qui vous écrit désire passionnément de vous servir, et voudrait, s'il le pouvait, faire repentir les barbares qui ont traité des enfants avec tant d'inhumanité.

À M. CHARDON

5 d'avril [1767]

Monsieur,

Il paraît, par la lettre dont vous m'honorez, du 27 de mars, que vous avez vu des choses bien tris-

tes dans les deux hémisphères. Si le pays d'Eldo-
rado avait été cultivable, il y a grande apparence
que l'amiral Drake s'en serait emparé, ou que les
Hollandais y auraient envoyé quelques colonies de
Surinam. On a bien raison de dire de la France :
Non illi imperium pelagi ; mais, si on ajoute : *Illa se
jactet in aula*, ce ne sera pas *in aula tolosana.*

Je suis persuadé, monsieur, que vous auriez couru
toute l'Amérique sans pouvoir trouver, chez les
nations nommées sauvages, deux exemples consé-
cutifs d'accusations de parricides, et surtout de
parricides commis par amour de la religion. Vous
auriez trouvé encore moins, chez des peuples qui
n'ont qu'une raison simple et grossière, des pères
de famille condamnés à la roue et à la corde, sur les
indices les plus frivoles, et contre toutes les proba-
bilités humaines.

Il faut que la raison languedochienne soit d'une
autre espèce que celle des autres hommes. Notre
jurisprudence a produit d'étranges scènes depuis
quelques années ; elles font frémir le reste de l'Europe. Il est bien cruel que, depuis Moscou jusqu'au
Rhin, on dise que, n'ayant su nous défendre ni sur
mer ni sur terre, nous avons eu le courage de rouer
l'innocent Calas, de pendre en effigie et de ruiner
en réalité la famille Sirven, de disloquer dans les
tortures le petit-fils d'un lieutenant général, un enfant de dix-neuf ans ; de lui couper la main et la
langue, de jeter sa tête d'un côté, et son corps de

l'autre, dans les flammes, pour avoir chanté deux chansons grivoises, et avoir passé devant une procession de capucins sans ôter son chapeau. Je voudrais que les gens qui sont si fiers et si rogues sur leurs pailliers, voyageassent un peu dans l'Europe, qu'ils entendissent ce que l'on dit d'eux, qu'ils vissent au moins les lettres que des princes éclairés écrivent sur leur conduite ; ils rougiraient, et la France ne présenterait plus aux autres nations le spectacle inconcevable de l'atrocité fanatique qui règne d'un côté, et de la douceur, de la politesse, des grâces, de l'enjouement et de la philosophie indulgente qui règnent de l'autre, et tout cela dans une même ville, dans une ville sur laquelle toute l'Europe n'a les yeux que parce que les beaux-arts y ont été cultivés ; car il est très vrai que ce sont nos beaux-arts seuls qui engagent les Russes et les Sarmates à parler notre langue. Ces arts, autrefois si bien cultivés en France, font que les autres nations nous pardonnent nos férocités et nos folies.

Vous me paraissez trop philosophe, monsieur, et vous me marquez trop de bonté pour que je ne vous parle pas avec toute la vérité qui est dans mon cœur. Je vous plains infiniment de remuer, dans l'horrible château où vous allez tous les jours, le cloaque de nos malheurs. La brillante fonction de faire valoir le code de la raison et de l'innocence des Sirven sera plus consolante pour une âme comme la vôtre. Je suis bien sensiblement touché des dispositions où vous êtes de sacrifier votre temps, et même votre santé, pour rapporter et pour juger l'affaire des Sirven, dans le temps que vous êtes enfoncé dans le labyrinthe de la Cayenne. Nous vous supplions, Sirven et moi, de ne vous point gêner. Nous attendrons votre commodité avec une patience qui ne nous coûtera rien, et qui ne diminuera pas assurément notre reconnaissance. Que cette malheureuse famille soit justifiée à la Saint-Jean ou à la Pentecôte, il n'importe ; elle jouit du moins de la liberté et du soleil, et l'intendant de la Cayenne n'en jouit pas. C'est au plus malheureux que vous donnez bien justement vos premiers soins ; et je suis encore étonné que, dans la multitude de vos affaires, vous ayez trouvé le temps de m'écrire une lettre que j'ai relue plusieurs fois avec autant d'attendrissement que d'admiration. Pénétré de ces sentiments et d'un sincère respect, j'ai l'honneur d'être, monsieur, votre etc.

À M. D'ÉTALLONDE DE MORIVAL

26 de mai [1767]

Je fus très consolé, monsieur, quand le roi de Prusse daigna me mander qu'il vous ferait du bien. Il a rempli sur-le-champ ses promesses, et j'ai l'honneur de lui écrire aujourd'hui pour l'en remercier du fond de mon cœur. Il est assurément bien loin de penser comme vos infâmes persécuteurs. Je voudrais que vous commandassiez un jour ses armées, et que vous vinssiez assiéger Abbeville. Je ne sais rien de plus déshonorant pour notre nation que l'arrêt atroce rendu contre des jeunes gens de famille, que partout ailleurs on aurait condamnés à six mois de prison.

Le nonce disait hautement à Paris que l'inquisition elle-même n'aurait jamais été si cruelle. Je mets cet assassinat à côté de celui des Calas, et immédiatement au-dessous de la Saint-Barthélemy. Notre nation est frivole, mais elle est cruelle. Il y a peut-être dans la France sept à huit cents personnes de mœurs douces et de bonne compagnie, qui sont la fleur de la nation, et qui font illusion aux étrangers. Dans ce nombre il s'en trouve toujours dix ou douze qui cultivent les arts avec succès. On juge de la nation par eux, on se trompe cruellement. Nos vieux prêtres et nos vieux magistrats sont précisément ce qu'étaient les anciens druides qui sacrifiaient des hommes : les mœurs ne changent point.

Vous savez que M. le chevalier de La Barre est mort en héros. Sa fermeté noble et simple, dans une si grande jeunesse, m'arrache encore des larmes. J'eus hier la visite d'un officier de la légion de Soubise, qui est d'Abbeville. Il m'a dit qu'il s'était donné tous les mouvements possibles pour prévenir l'exécrable catastrophe qui a indigné tous les gens sensés de l'Europe. Tout ce qu'il m'a dit a bien redoublé ma sensibilité. Quelle religion, monsieur, qu'une secte absurde qui ne se soutient que par des bourreaux, et dont les chefs s'engraissent de la substance des malheureux !

Servez un roi philosophe, et détestez à jamais la plus détestable des superstitions.

À M. LE COMTE DE ROCHEFORT

2 de novembre [1768]

L'enterré ressuscite un moment, monsieur, pour vous dire que, s'il vivait une éternité, il vous aimerait pendant tout ce temps-là. Il est comblé de vos bontés : il lui est encore arrivé deux gros fromages par votre munificence. S'il avait de la santé, il trouverait son sort très préférable à celui du rat retiré du monde dans un fromage d'Hollande ; mais quand on est vieux et malade, tout ce qu'on peut faire c'est de supporter la vie et de se cacher.

Je vous ai envoyé quatre volumes du *Siècle de Louis XIV* et de *Louis XV* ; mais, en France, les fromages arrivent beaucoup plus sûrement par le coche que les livres. Je crois qu'il faudra tout votre crédit pour que les commis à la douane des pensées vous délivrent le récit de la bataille de Fontenoy et la prise de Minorque. La société s'est si bien perfectionnée qu'on ne peut plus rien lire sans la permission de la chambre syndicale des librairies. On dit qu'un célèbre janséniste a proposé un édit par lequel il sera défendu à tous les philosophes de parler, à moins que ce ne soit en présence de deux députés de Sorbonne, qui rendront compte au *prima mensis* de tout ce qui aura été dit dans Paris dans le cours du mois.

Pour moi, je pense qu'il serait beaucoup plus utile et plus convenable de leur *couper la main droite* pour les empêcher d'écrire, et de leur *arracher la langue* de peur qu'ils ne parlent. C'est une excellente précaution dont on s'est déjà servi, et qui a fait beaucoup d'honneur à notre nation. Ce petit préservatif a même été essayé avec succès dans Abbeville sur le petit-fils d'un lieutenant général ; mais ce ne sont là que des palliatifs. Mon avis serait qu'on fît une Saint-Barthélemy de tous les philosophes, et qu'on égorgeât dans leur lit tous ceux qui auraient Locke, Montaigne, Bayle dans leur bibliothèque. Je voudrais même qu'on brûlât tous les livres, excepté *La Gazette ecclésiastique* et *Le Journal chrétien*.

Je resterai constamment dans ma solitude jusqu'à ce que je voie ces jours heureux où la pensée sera bannie du monde, et où les hommes seront parvenus au noble état de brutes. Cependant, monsieur, tant que je penserai et que j'aurai du sentiment, soyez sûr que je vous serai tendrement attaché. Si on faisait une Saint-Barthélemy de ceux qui ont les idées justes et nobles, vous seriez sûrement massacré un des premiers. En attendant, conservez-moi vos bontés. Je me mets aux pieds de madame de Rochefort.

À M. CHRISTIN, AVOCAT À SAINT-CLAUDE

13 de novembre [1768]

Vous ne savez pas, mon cher petit philosophe, combien je vous regrette. Je ne peux plus parler qu'aux gens qui pensent comme vous ; il n'y a que la communication de la philosophie qui console.

On me mande de Toulouse ce que vous allez lire. « Je connais actuellement assez Toulouse pour vous assurer qu'il n'est peut-être aucune ville du royaume où il y ait autant de gens éclairés. Il est vrai qu'il s'y trouve plus qu'ailleurs des hommes durs et opiniâtres, incapables de se prêter un seul moment à la raison ; mais leur nombre diminue chaque jour, et non seulement toute la jeunesse du parlement, mais une grande partie du centre et plusieurs hommes de la tête vous sont entièrement dévoués. Vous ne sauriez croire combien tout a changé depuis la malheureuse aventure de Calas. On va jusqu'à se reprocher le jugement rendu contre M. Rochette et les trois gentilshommes ; on regarde le premier comme injuste, et le second comme trop sévère. »

Mon cher ami, attisez bien le feu sacré dans votre Franche-Comté. Voici un petit A.B.C. qui m'est tombé entre les mains ; je vous en ferai passer quelques-uns à mesure ; recommandez seulement au postillon de passer chez moi, et je le garnirai à chaque voyage. Je vous supplie de me faire venir *Le Spectacle de la nature*, *Les Révolutions* de Vertot, les *Lettres américaines sur l'Histoire naturelle* de M. de Buffon ; le plus tôt c'est toujours le mieux : je vous serai très obligé. Je vous embrasse le plus tendrement qu'il est possible.

À LA MARQUISE DU DEFFAND

À Ferney, 25 janvier [1775]

[...] Mais venons, je vous prie, à l'affaire que vous voulez bien protéger. Je me suis mis aux pieds de Mme la duchesse d'Anville[1] ; je ne compte que sur elle, je n'aurai d'obligation qu'à elle. Nous demandons un sauf-conduit et rien autre chose ; mais, comme ces sauf-conduits se donnent par M. de Vergennes aux affaires étrangères, il a fallu absolument commencer par avoir un congé du roi

---

1. Marie-Louise de La Rochefoucauld, duchesse d'Anville.

de Prusse, et en donner part à son ambassadeur, d'autant plus que le roi de Prusse lui-même a recommandé vivement mon jeune homme à ce ministre.

Nous attendons de la protection de Mme la duchesse d'Anville, que nous obtiendrons, en termes honorables, ce sauf-conduit si nécessaire ; le temps fera le reste. Ce sera peut-être une chose aussi curieuse qu'affreuse de voir comment un petit juge de province, voulant perdre Mme de Brou, abbesse de Willencourt, suborna des faux témoins, et nomma, pour juger avec lui, un procureur devenu marchand de bois et de vin, condamné aux consuls pour des friponneries.

C'est ce cabaretier qui condamna, lui troisième, deux enfants innocents au supplice des parricides. On ne le croirait pas ; vous ne m'en croirez pas vous-même, en vous faisant lire ma lettre ; cependant rien n'est plus vrai.

Cette étrange vengeance fut confirmée au parlement de Paris, à la pluralité des voix. Il y avait six mille pages de procédures à lire : il fallait, ce jour-là, écrire aux *classes*, et minuter des remontrances. On ne peut pas songer à tout. On se dépêcha de dire que le marchand de bois avait *bien jugé* ; et ces deux mots suffirent pour briser les os de ces deux enfants, pour leur arracher la langue avec des tenailles, pour leur couper la main droite, pour jeter leur corps tout vivant dans un feu composé de deux voies de bois et de deux charrettes de fagots. L'un subit ce martyre en personne, l'autre en effigie ; mais le temps vient où le sang innocent crie vengeance.

Cet exécrable assassinat est plus horrible que celui des Calas, car les juges des Calas s'étaient trompés sur les apparences, et avaient été coupables de bonne foi ; mais ceux d'Abbeville ne se trompèrent pas : ils virent leur crime, et ils le commirent. Je crois vous avoir déjà dit, madame, à peu près ce que je vous dis aujourd'hui ; mais je suis si plein que je répète.

Mon grand malheur est que je désespère de vivre assez longtemps pour venir à bout de mon entreprise ; mais je l'aurai du moins mise en bon train. Les parties intéressées achèveront ce que j'ai commencé.

Pour écarter l'horreur de ces idées, je vous demande comment je pourrais m'y prendre pour vous faire tenir un chiffon qui vous ennuiera peut-être. Il est dédié à un homme que vous n'aimez point, à ce qu'on dit ; c'est M. d'Alembert ; mais vous pardonnerez sans doute à un académicien qui dédie un ouvrage à l'Académie, sous le nom de son secrétaire. Si vous ne l'aimez pas, vous l'estimez ; et il vous le rend au centuple.

Moi, je vous estime et je vous aime de toutes les forces de ce qu'on appelle mon âme.

LE CRI DU SANG INNOCENT

AU ROI TRÈS CHRÉTIEN,
EN SON CONSEIL

Sire,

L'auguste cérémonie de votre sacre n'a rien ajouté aux droits de votre majesté ; les serments qu'elle a faits d'être bon et humain, n'ont pu augmenter la magnanimité de votre cœur et votre amour de la justice. Mais c'est en ces solennités que les infortunés sont autorisés à se jeter à vos pieds : ils y courent en foule ; c'est le temps de la clémence ; elle est assise sur le trône à vos côtés, elle vous présente ceux que la persécution opprime. Je lui tends de loin les bras, du fond d'un pays étranger. Opprimé depuis l'âge de quinze ans (et l'Europe sait avec quelle horreur) je suis sans avocat, sans appui, sans patron ; mais vous êtes juste.

Né gentilhomme dans votre brave et fidèle pro-

vince de Picardie*, mon nom est d'Étallonde de
Morival. Plusieurs de mes parents sont morts au
service de l'État. J'ai un frère capitaine au régiment de Champagne. Je me suis destiné au service
dès mon enfance.

J'étais dans la Gueldre, en 1765, où j'apprenais
la langue allemande et un peu de mathématique
pratique, deux choses nécessaires à un officier,
lorsque le bruit que j'étais impliqué dans un procès criminel au présidial d'Abbeville parvint jusqu'à
moi.

On me manda des particularités si atroces et si
inouïes sur cette affaire, à laquelle je n'aurais jamais dû m'attendre, que je conçus, tout jeune que
j'étais, le dessein de ne jamais rentrer dans une
ville livrée à des cabales et à des manœuvres qui
effarouchaient mon caractère. Je me sentais né avec
assez de courage et de désintéressement pour porter les armes en quelque qualité que ce pût être. Je
savais déjà très bien l'allemand : frappé du mérite
militaire des troupes prussiennes, et de la gloire
étonnante du souverain qui les a formées, j'entrai
cadet dans un de ses régiments.

Ma franchise ne me permit pas de dissimuler
que j'étais catholique, et que jamais je ne change-
rais de religion : cette déclaration ne me nuisit
point, et je produis encore des attestations de mes

---

* Fidelissima Picardorum natio.

commandants, qui attestent que j'ai toujours rempli les fonctions de catholique et les devoirs de soldat. Je trouvai chez les Prussiens des vainqueurs, et point d'intolérants.

Je crus inutile de faire connaître ma naissance et ma famille, je servis avec la régularité la plus ponctuelle.

Le roi de Prusse, qui entre dans tous les détails de ses régiments, sut qu'il y avait un jeune Français qui passait pour sage, qui ne connaissait les débauches d'aucune espèce, qui n'avait jamais été repris d'aucun de ses supérieurs, et dont l'unique occupation, après ses exercices, était d'étudier l'art du génie : il daigna me faire officier, sans même s'informer qui j'étais. Et enfin ayant vu par hasard quelques-uns de mes plans de fortifications, de marches, de campements et de batailles, il m'a honoré du titre de son aide de camp et de son ingénieur. Je lui en dois une éternelle reconnaissance ; mon devoir est de vivre et de mourir à son service. Votre majesté a trop de grandeur d'âme, pour ne pas approuver de tels sentiments.

Que votre justice et celle de votre conseil daignent maintenant jeter un coup d'œil sur l'attentat contre les lois et sur la barbarie dont je porte ma plainte.

Mme l'abbesse de Willancourt, monastère d'Abbeville, fille respectable d'un garde des sceaux estimé de toute la France presque autant que celui qui vous sert aujourd'hui si bien dans cette place, avait pour implacable ennemi un conseiller du présidial, nommé Duval de Soicourt. Cette inimitié publique, encore plus commune dans les petites villes que dans les grandes, n'était que trop connue dans Abbeville, madame l'abbesse avait été forcée de priver Soicourt, par avis de parents, de la curatelle d'une jeune personne assez riche, élevée dans son couvent.

Soicourt venait encore de perdre deux procès contre des familles d'Abbeville. On savait qu'il avait juré de s'en venger.

On connaît jusqu'à quel excès affreux il a porté cette vengeance. L'Europe entière en a eu horreur ; et cette horreur augmente encore tous les jours, loin de s'affaiblir par le temps.

Il est public que Duval de Soicourt se conduisit précisément dans Abbeville*, comme le capitoul David avait agi contre les innocents Calas dans Toulouse. Votre majesté a, sans doute, entendu parler de cet assassinat juridique des Calas, que votre conseil a condamné avec tant de justice et de

---

* Je dois remarquer ici (et c'est un devoir indispensable) que dans l'affreux procès suscité uniquement par Duval de Soicourt, M. Cassen, avocat au conseil de sa majesté très chrétienne, fut consulté ; il en écrivit au marquis de Beccaria, le premier jurisconsulte de l'Empire. J'ai vu sa lettre imprimée. On s'est trompé dans les noms : on a mis Belleval pour Duval. On s'est trompé encore sur quelques circonstances indifférentes au fond du procès.

force. C'est contre une pareille barbarie que j'at-
teste votre équité.

La généreuse Mme Feydeau de Brou, abbesse
de Willancourt, élevait auprès d'elle un jeune
homme, son cousin germain, petit-fils d'un lieute-
nant-général de vos armées, qui était à peu près de
mon âge, et qui étudiait comme moi la tactique.
Ses talents étaient infiniment supérieurs aux miens.
J'ai encore de sa main des notes sur les campagnes
du roi de Prusse et du maréchal de Saxe, qui font
voir qu'il aurait été digne de servir sous ces grands
hommes.

La conformité de nos études nous ayant liés ensemble, j'eus l'honneur d'être invité à dîner avec
lui chez madame l'abbesse, dans l'extérieur du couvent, au mois de juin 1765 : nous y allions assez
tard, et nous étions fort pressés. Il tombait une petite pluie ; nous rencontrâmes quelques enfants de
notre connaissance ; nous mîmes nos chapeaux, et
nous continuâmes notre route. Nous étions, je
m'en souviens, à plus de cinquante pas d'une procession de capucins.

Soicourt ayant su que nous ne nous étions point
détournés de notre chemin pour aller nous mettre
à genoux devant cette procession, projeta d'abord
d'en faire un procès au cousin germain de madame l'abbesse. C'était seulement, disait-il, pour
l'inquiéter, et pour lui faire voir qu'il était un homme
à craindre.

Mais ayant su qu'un crucifix de bois, élevé sur le pont neuf de la ville, avait été mutilé depuis quelque temps, soit par vétusté, soit par quelque charrette, il résolut de nous en accuser, et de joindre ces deux griefs ensemble. Cette entreprise était difficile.

Je n'ai, sans doute, rien exagéré quand j'ai dit qu'il imita la conduite du capitoul David ; car il écrivit lettres sur lettres à l'évêque d'Amiens ; et ces lettres doivent se retrouver dans les papiers de ce prélat. Il dit qu'il y avait une conspiration contre la religion catholique romaine ; que l'on donnait tous les jours des coups de bâton aux crucifix ; qu'on se munissait d'hosties consacrées, qu'on les perçait à coups de couteau, et que, selon le bruit public, elles avaient répandu du sang.

On ne croira pas cet excès d'absurde calomnie ; je ne la crois pas moi-même ; cependant je la lis dans les copies des pièces qu'on m'a enfin remises entre les mains.

Sur cet exposé non moins extravagant qu'odieux, on obtint des monitoires, c'est-à-dire, des ordres à toutes les servantes, à toute la populace d'aller révéler aux juges tous les contes qu'elles auraient entendu faire, et de calomnier en justice, sous peine d'être damnées.

On ignore dans Paris, comme je l'avais toujours ignoré moi-même, que Duval de Soicourt ayant intimidé tout Abbeville, porté l'alarme dans toutes les familles, ayant forcé madame l'abbesse à quitter son abbaye pour aller solliciter à la cour, se trouvant libre pour faire le mal, et ne trouvant pas deux assesseurs pour faire le mal avec lui, osa associer au ministère de juge : qui ? on ne le croira pas encore ; cela est aussi absurde que les hosties percées à coups de couteau, et versant du sang : qui, dis-je, fut le troisième juge avec Duval ? un marchand de vin, de bœufs et de cochons ! un nommé Broutel, qui avait acheté dans la juridiction un office de procureur, qui avait même exercé très rarement cette charge : oui, encore une fois, un marchand de cochons, chargé alors de deux sentences des consuls d'Abbeville contre lui, et qui lui ordonnent de produire ses comptes. Dans ce temps-là même il avait déjà un procès à la cour des aides de Paris, procès qu'il perdit bientôt après ; l'arrêt le déclara incapable de posséder aucune charge municipale dans votre royaume.

Tels furent mes juges pendant que je servais un grand roi, et que je me disposais à servir votre majesté, Soicourt et Broutel avaient déterré une sentence rendue, il y a cent trente années, dans des temps de trouble en Picardie, sur quelques profanations fort différentes. Ils la copièrent ; ils condamnèrent deux enfants. Je suis l'un des deux ; l'autre est ce petit-fils d'un général de vos armées : c'est ce chevalier de La Barre dont je ne puis prononcer le nom qu'en répandant des larmes ; c'est ce jeune homme qui en a coûté à toutes les âmes sensibles, depuis le trône de Pétersbourg jusqu'au trône pontifical de Rome ; c'est cet enfant plein de vertus et de talents au-dessus de son âge, qui mourut dans Abbeville, au milieu de cinq bourreaux, avec la même résignation et le même courage modeste qu'étaient morts le fils du grand de Thou, le Tite-Live de la France, le conseiller Dubourg, le maréchal de Marillac, et tant d'autres.

Si votre majesté fait la guerre, elle verra mille gentilshommes mourir à ses pieds : la gloire de leur mort pourra vous consoler de leur perte, vous, Sire, et leurs familles. Mais être traîné à un supplice affreux et infâme, périr par l'ordre d'un Broutel ! quel état ! et qui peut s'en consoler !

On demandera peut-être comment la sentence d'Abbeville, qui était nulle et de toute nullité, a pu cependant être confirmée par le parlement de Paris, a pu être exécutée en partie ; en voici la raison : c'est que le parlement ne pouvait savoir quels étaient ceux qui l'avaient prononcée.

Des enfants plongés dans des cachots, et ne connaissant point ce Broutel, leur premier bourreau, ne pouvaient dire au parlement : Nous sommes condamnés par un marchand de bœufs et de porcs, chargé de décrets des consuls contre lui. Ils ne le savaient pas ; Broutel s'était dit avocat. Il avait pris en effet pour cinquante francs des lettres de gradué à Reims ; il s'était fait mettre à Paris sur le tableau des licenciés ès lois ; ainsi il y avait un fantôme de gradué pour condamner ces pauvres enfants, et ils n'avaient pas un seul avocat pour les défendre. L'état horrible où ils furent pendant toute la procédure avait tellement altéré leurs organes, qu'ils étaient incapables de penser et de parler, et qu'ils ressemblaient parfaitement aux agneaux que Broutel vendit si souvent aux bouchers d'Abbeville.

Votre conseil, Sire, peut remarquer qu'on permet en France à un banqueroutier frauduleux d'être assisté continuellement par un avocat, et qu'on ne le permit pas à des mineurs dans un procès où il s'agissait de leur vie.

Grâce aux monitoires, reste odieux de l'ancienne procédure de l'inquisition, Soicourt et Broutel avaient fait entendre cent vingt témoins, la plupart gens de la lie du peuple ; et de ces cent vingt témoins, il n'y en avait pas trois d'oculaires. Cependant il fallut tout lire, tout rapporter : cette énorme compilation, qui contenait six mille pages, ne pouvait que fatiguer le parlement, occupé alors des besoins de l'État dans une crise assez grande. Les opinions se partagèrent, et la confirmation de l'affreuse sentence ne passa enfin que de deux voix.

Je ne demande point si, au tribunal de l'humanité et de la raison, deux voix devraient suffire pour condamner des innocents au supplice que l'on inflige aux parricides. Pougatchev, souillé de mille assassinats barbares, et du crime le plus avéré de lèse-majesté et de lèse-société au premier chef, n'a subi d'autre supplice que celui d'avoir la tête tranchée.

La sentence de Duval de Soicourt et du marchand de bœufs portait qu'on nous couperait le poing, qu'on nous arracherait la langue, qu'on nous jetterait dans les flammes. Cette sentence fut confirmée par la prépondérance de deux voix.

Le parlement a gémi que les anciennes lois le forcent à ne consulter que cette pluralité pour arracher la vie à un citoyen. Hélas ! m'est-il permis d'observer que chez les Algonquins, les Hurons, les Chiacas, il faut que toutes les voix soient unanimes pour dépecer un prisonnier et pour le manger ? Quand elles ne le sont pas, le captif est adopté dans une famille, et regardé comme l'enfant de la maison.

Sire, mon application à mes devoirs ne m'a pas permis d'être instruit plus tôt des détails de cette Saint-Barthélemy d'Abbeville. Je ne sais que d'aujourd'hui que l'on destinait trois autres enfants à cette boucherie. J'apprends que les parents de ces enfants trouvèrent huit avocats pour les défendre, quoiqu'en matière criminelle les accusés n'aient jamais le secours d'un avocat quand on les interroge, et quand on les confronte. Mais un avocat est en droit de parler pour eux sur tout ce qui ne concerne pas la procédure secrète. Et qu'il me soit permis, Sire, de remarquer ici que chez les Romains, nos législateurs et nos maîtres, et chez les nations qui se piquent d'imiter les Romains, il n'y eut jamais de pièces secrètes. Enfin, Sire, sur la seule connaissance de ce qui était public, ces huit avocats intrépides déclarèrent, le 27 juin 1766 :

1° Que le juge Soicourt ne pouvait être juge, puisqu'il était partie (pages 15 et 16 de la consultation).

2° Que Broutel ne pouvait être juge, puisqu'il avait agi en plusieurs affaires en qualité de procureur, et que son unique occupation était alors de vendre des bestiaux (page 17).

3° Que cette manœuvre de Soicourt et de Broutel était une infraction punissable de la loi (mêmes pages).

Cette décision de huit avocats célèbres est signée Celier, d'Outremont, Gerbier, Vouglans, Timberge, Turpin, Linguet.

Il est vrai qu'elle vint trop tard. L'estimable chevalier de La Barre était déjà sacrifié. L'injustice et l'horreur de son supplice, jointes à la décision de huit jurisconsultes, firent une telle impression sur tous les cœurs, que les juges d'Abbeville n'osèrent poursuivre cet abominable procès. Ils s'enfuirent à la campagne, de peur d'être lapidés par le peuple. Plus de procédures, plus d'interrogatoires et de confrontations. Tout fut absorbé dans l'horreur qu'ils inspiraient à la nation, et qu'ils ressentaient en eux-mêmes.

Je n'ai pu, Sire, faire entendre autour de votre trône, le cri du sang innocent. Souffrez que j'appelle aujourd'hui à mon secours le jugement de huit interprètes des lois qui demandent vengeance pour moi, comme pour les trois autres enfants qu'ils ont sauvés de la mort. La cause de ces enfants est la mienne. Je n'ai pas même osé m'adresser seul à votre majesté sans avoir consulté le roi mon maître, sans avoir demandé l'opinion de son chancelier et des chefs de la justice : ils ont confirmé l'avis des huit jurisconsultes de votre parlement. On connaît depuis longtemps l'avis du marquis de Beccaria, qui est à la tête des lois de l'Empire. Il n'y a qu'une voix en Angleterre et dans le grand tribunal de la Russie sur cette affreuse et incroyable catastrophe. Rome ne pense pas autrement que Pétersbourg, Astrakan et Kazan. Je pourrais, Sire, demander justice à votre majesté au nom de l'Europe et de l'Asie. Votre conseil, qui a vengé le sang des Calas, aurait pour moi la même équité. Mais étranger pendant dix années, lié à mes devoirs, loin de la France, ignorant la route qu'il faut tenir pour parvenir à une révision de procès, je suis forcé de me borner à représenter à votre majesté l'excès de la cruauté commise dans un temps où cette cruauté ne pouvait parvenir à vos oreilles. Il me suffit que votre équité soit instruite.

Je me joins à tous vos sujets dans l'amour respectueux qu'ils ont pour votre personne, et dans les vœux unanimes pour votre prospérité qui n'égalera jamais vos vertus.

À Neufchâtel, ce 30 juin 1775

PRÉCIS DE LA PROCÉDURE D'ABBEVILLE

Du 26 septembre 1765

Un prévôt de salle, nommé Étienne Naturé, ami de Broutel, et buvant souvent avec lui, dit qu'il a entendu, dans la salle d'armes du sieur d'Étallonde, avouer qu'il n'avait pas ôté son chapeau devant la procession des capucins, conjointement avec le chevalier de La Barre et le sieur Moisnel.

Et le même Étienne Naturé se dédit entièrement à la confrontation avec les sieurs chevalier de La Barre et Moisnel ; et déclare expressément que le sieur d'Étallonde n'a jamais mis le pied dans la salle d'armes.

Du 28

Le sieur Aliamet dépose avoir ouï dire qu'un nommé Bauvalet avait dit que le sieur d'Étallonde

avait dit qu'il avait trouvé, chez ce nommé Bauvalet, un médaillon de plâtre fort mal fait, et qu'ayant
proposé de l'acheter de ce nommé Bauvalet, il
avait dit que c'était pour le briser, « parce qu'il ne
valait pas le diable ».

Il ne spécifie point ce que ce médaillon représen-
tait, et on ne voit pas ce qu'on peut inférer de cette
déposition. On a prétendu que ce plâtre représen-
tait quelques figures de la passion, fort mal faites.

Le même jour, Antoine Watier, âgé de seize à
dix-sept ans, dépose avoir entendu le sieur d'Étallonde chanter une chanson, dans laquelle il est
question d'un saint qui avait eu autrefois une ma-
ladie vénérienne, et ajoute qu'il ne se souvient pas
du nom de ce saint. Le sieur d'Étallonde proteste
qu'il ne connaît ni ce saint ni Watier.

Du 5 décembre 1765

Marie-Antoinette Le Leu, femme d'un maître
de jeu de billard, dépose que le sieur d'Étallonde a
chanté une chanson dans laquelle « Marie-Made-
leine avait ses mal-semaines ».

Il est bien indécent d'écouter sérieusement de
telles sottises ; et rien ne démontre mieux l'achar-
nement grossier de Duval de Soicourt et de Broutel. Si Madeleine était pécheresse, il est clair qu'elle
était sujette à des mal-semaines, autrement des

menstrues, des ordinaires. Mais si quelque loustic d'un régiment, ou quelque goujat a fait autrefois cette misérable chanson grivoise, si un enfant l'a chantée, il ne paraît pas que cet enfant mérite la mort la plus recherchée et la plus cruelle, et périsse dans des supplices que les Busiris et les Nérons n'osaient pas inventer.

Le même jour, le sieur de La Vieuville dépose avoir ouï dire au sieur de Saveuse, qu'il a entendu dire au sieur Moisnel que le sieur d'Étallonde avait un jour escrimé avec sa canne sur le pont neuf contre un crucifix de bois.

Je réponds que non seulement cela est très faux, mais que cela est impossible. Je ne portais jamais de canne, mais une petite baguette fort légère. Le crucifix qui était alors sur le pont neuf, était élevé, comme tout Abbeville le sait, sur un gros piédestal de huit pieds de haut, et par conséquent il n'était pas possible d'escrimer contre cette figure.

J'ajoute qu'il eût été à souhaiter que les choses saintes ne fussent jamais placées que dans les lieux saints, et je crois indécent qu'un crucifix soit dans une rue, exposé à être brisé par tous les accidents.

Du 3 octobre 1765

Le sieur Moisnel, enfant de quatorze ou quinze ans, est retiré de son cachot, et interrogé si le jour de la procession des capucins il n'était pas avec les sieurs d'Étallonde et de la Barre, à vingt-cinq pas seulement du Saint-Sacrement ; s'ils n'ont pas affecté, *par impiété*, de ne point se découvrir dans le dessein *d'insulter à la Divinité*, et s'ils ne se sont pas vantés de cette *action impie ;* s'il n'a pas vu le sieur d'Étallonde donner des coups au crucifix du pont neuf ; si le jour de la foire de la Madeleine le sieur d'Étallonde ne lui avait pas dit qu'il avait égratigné une jambe du crucifix du pont neuf : a répondu *non* à toutes ces demandes.

On peut voir, par ce seul interrogatoire, avec quelle malignité Duval et Broutel voulaient faire tomber cet enfant dans le piège.

Pourquoi lui dire que la procession des capucins n'était qu'à vingt-cinq pas, tandis qu'elle était à plus de cinquante ? Je sais mieux mesurer les distances dans ma profession d'ingénieur que tous les praticiens et tous les capucins d'Abbeville.

Pourquoi supposer que ces enfants avaient passé vite, *par impiété*, dans le temps qu'il faisait une petite pluie et qu'ils étaient pressés d'aller dîner ? Quelle impiété est-ce donc de mettre son chapeau pendant la pluie ?

Et remarquez qu'après cet interrogatoire on le plongea dans un cachot plus noir et plus infect, afin de le forcer, par ces traitements odieux, à déposer tout ce qu'on voulait.

Du 7 octobre 1765

On interroge de surcroît le sieur Moisnel sur les mêmes articles ; et le sieur Moisnel répond que non seulement le chevalier de La Barre et le sieur d'Étallonde n'ont point passé devant la procession, et ne se sont point couverts par impiété, mais qu'il a passé plusieurs fois avec eux devant d'autres processions, et qu'ils se sont mis à genoux.

À cette réponse, si ingénue et si vraie, le troisième juge, nommé Villers, se récrie : « Il ne faut pas tant tourmenter ces pauvres innocents. »

Soicourt et Broutel en fureur menacèrent cet enfant de le faire pendre s'il persistait à nier. Ils l'effrayèrent ; ils lui firent verser des larmes. Ils lui firent dire, dans ce second interrogatoire, une chose qui n'a pas la moindre vraisemblance : que d'Étallonde avait dit qu'il n'y avait point de Dieu, et qu'il avait ajouté un mot qu'on n'ose prononcer.

Il faut savoir que dans Abbeville il y avait alors un ouvrier nommé Bondieu, et que de là vient l'infâme équivoque qu'on employa pour nous perdre.

Enfin ils lui firent articuler même, dans l'excès de leur égarement, que d'Étallonde connaissait un prêtre qui fournirait des hosties consacrées pour servir à des *opérations magiques*, ainsi que Duval et Broutel le donnaient à entendre.

Quelle extravagance ! en même temps quelle bêtise ! Si dans ma première jeunesse j'avais été assez abandonné pour ne pas croire en Dieu, comment aurais-je cru à des hosties consacrées avec lesquelles on ferait des *opérations magiques* ?

D'où venait cette accusation ridicule d'*opérations magiques* avec des hosties ? d'un bruit répandu dans la populace, qu'on ne pouvait poursuivre avec tant de cruauté de jeunes fils de famille que pour un crime de magie. Et pourquoi de la magie plutôt qu'un autre délit ? parce qu'il y avait des monitoires qui ordonnaient à tout le monde de venir à révélation ; et que, selon les idées du peuple, ces monitoires n'étaient ordinairement lancés que contre les hérétiques et les magiciens.

Les provinces de France sont-elles encore plongées dans leur ancienne barbarie ? sommes-nous revenus à ces temps d'opprobre où l'on accusait le prédicateur Urbain Grandier d'avoir ensorcelé dix-sept religieuses de Loudun, où l'on forçait le curé Gaufridi d'avouer qu'il avait soufflé le diable dans le corps de Madeleine Lapallu, et où l'on a vu enfin le jésuite Girard près d'être condamné aux flammes pour avoir jeté un sort sur la Cadière ?

Ce fut dans cet interrogatoire que cet enfant Moisnel, intimidé par les menaces du marchand de bœufs et du marchand de sang humain, leur demanda pardon de ne leur avoir pas dit tout ce qu'on lui ordonnait de dire. Il croyait avoir fait un péché mortel ; et il fit, à genoux, une confession générale comme s'il eût été au sacrement de pénitence. Broutel et Duval rirent de sa simplicité, et en profitèrent pour nous perdre.

Interrogé encore s'il n'avait pas entendu de jeunes gens traiter Dieu de… dans une conversation, et s'il n'avait pas lui-même appelé Dieu… il répondit qu'il avait tenu ces propos avec d'Étallonde.

Mais peut-on avoir tenu tels discours tête à tête ? et si on les a tenus, qui peut les dénoncer ? On voit assez à quel point celui qui interrogeait était barbare et grossier, à quel point l'enfant était simple et innocent.

On lui demanda s'il n'avait pas chanté des chansons horribles. Ce sont les propres mots. L'enfant l'avoua. Mais qu'est-ce qu'une chanson ordurière sur les *mal-semaines* de la Madeleine, faite par quelque goujat, il y a plus de cent ans, et qu'on suppose chantée en secret par deux jeunes gens aussi dépourvus alors de goût et de connaissances que Broutel et Duval ? Avaient-ils chanté cette chanson dans la place publique ? avaient-ils scandalisé la ville ? non : et la preuve que cette puérilité était ignorée, c'est que Soicourt avait obtenu des monitoires pour faire révéler, contre les enfants de ses ennemis, tout ce qu'une populace grossière pouvait avoir entendu dire.

Pour moi, en méprisant de telles inepties, je jure que je ne me souviens pas d'un seul mot de cette chanson ; et j'affirme qu'il faut être le plus lâche des hommes pour faire d'un couplet de corps de garde, le sujet d'un procès criminel.

Enfin on m'a envoyé plusieurs billets de la main de Moisnel, écrits de son cachot, avec la connivence du geôlier, dans lesquels il est dit : « Mon trouble est trop grand ; j'ai l'esprit hors de son assiette ; je ne suis pas dans mon bon sens. »

J'ai entre les mains une autre lettre de lui, de cette année, conçue en ces termes :

« Je voudrais, monsieur, avoir perdu entièrement la mémoire de l'horrible aventure qui ensanglanta Abbeville, il y a plusieurs années, et qui révolta toute l'Europe. Pour ce qui me regarde, la seule chose dont je puisse me souvenir, c'est que j'avais environ quinze ans, qu'on me mit aux fers, que le sieur Soicourt me fit les menaces les plus affreuses, que je fus hors de moi-même, que je me jetai à genoux, et que je dis *oui* toutes les fois que ce Soicourt m'ordonna de dire *oui*, sans savoir un seul mot de ce qu'on me demandait. Ces horreurs m'ont mis dans un état qui a altéré ma santé pour le reste de ma vie. »

Je suis donc en droit de récuser de vains témoignages qu'on lui arracha par tant de menaces et qu'il a désavoués, ainsi que je me crois en droit de faire déclarer nulle toute la procédure de mes trois juges, d'en prendre deux à partie, et de les regarder, non pas comme des juges, mais comme des assassins.

Ce n'est que d'après M. le marquis de Beccaria et d'après les jurisconsultes de l'Europe que je leur donne ce nom qu'ils ont si bien mérité, et qui n'est pas trop fort pour leur inconcevable méchanceté. On interrogea avec la même atrocité le chevalier de La Barre, et quoiqu'il fût très au-dessus de son âge, on réussit enfin à l'intimider.

Comme j'étais très loin de la France, on persuada même à ce jeune homme qu'il pouvait se sauver en me chargeant, et qu'il n'y avait nul mal à rejeter tout sur un ami qui dédaignait de se défendre.

On renouvela avec lui l'impertinente histoire des hosties. On lui demanda si un prêtre ne lui en avait pas envoyé, et s'il n'était pas quelquefois sorti du sang de quelques hosties consacrées. Il répondit avec un juste mépris ; mais il ajouta qu'il y avait en effet un curé à Yvernot qui aurait pu, à ce qu'on disait, prêter des hosties ; mais que ce curé était en prison. On ne poussa pas plus loin ces questions absurdes.

Je sens que la lecture d'un tel procès criminel dégoûte et rebute un homme sensé : c'est avec une peine extrême que je poursuis ce détail de la sottise humaine.

Interrogé s'il n'a pas dit qu'il était difficile *d'adorer un dieu de pâte*, a répondu qu'il peut avoir tenu de tels discours, et que s'il les a tenus, c'est avec d'Étallonde ; que s'il a disputé sur la religion, c'est avec d'Étallonde.

Hélas ! voilà un étrange aveu, une étrange accusation. « Si j'ai agité des questions délicates, c'est avec vous », ce *si* prouve-t-il quelque chose ? ce *si* est-il positif ? est-ce là une preuve, barbares que vous êtes ? Je ne mets point de condition à mon assertion ; je dis sans aucun *si* que vous êtes des tigres dont il faudrait purger la terre.

Et dans quel pays de l'Europe n'a-t-on pas disputé publiquement et en particulier sur la religion ? dans quel pays ceux qui ont une autre religion que la romaine, n'ont-ils pas dit et redit, imprimé et prêché ce que Duval et Broutel imputaient au chevalier de La Barre et à moi ? Une conversation entre deux jeunes amis, n'ayant eu aucun effet, aucune suite, n'ayant été écoutée de personne, ne pouvait devenir un corps de délit. Il fallait que les interrogateurs eussent deviné cet entretien. Ces paroles, en effet, sont souvent dans la bouche des protestants : il y en a quelques-uns établis, avec privilège du roi, dans Abbeville et dans les villes voisines. Les assassins du chevalier de La Barre avaient donc deviné au hasard ce discours si commun qu'ils nous attribuaient ; et par un hasard encore plus singulier, il se trouva peut-être qu'ils devinaient juste, du moins en partie.

Nous avions pu quelquefois examiner la reli-

gion romaine, le chevalier de La Barre et moi,
parce que nous étions nés l'un et l'autre avec un esprit avide d'instruction, parce que la religion exige
absolument l'attention de tout honnête homme,
parce qu'on est un sot indigne de vivre, quand on
passe tout son temps à l'opéra comique ou dans
de vains plaisirs sans jamais s'informer de ce qui a
pu précéder et de ce qui peut suivre la minute où
nous rampons sur la terre. Mais vouloir nous juger
sur ce que nous avons dit, mon ami et moi tête à
tête, c'était vouloir nous condamner sur nos pensées, sur nos rêves. C'est ce que les plus cruels ty-
rans n'ont jamais osé faire.

On sent toute l'irrégularité, pour ne pas dire
l'abomination de cette procédure aussi illégale
qu'infâme ; car de quoi s'agissait-il dans ce procès
dont le fond était si frivole et si ridicule ? d'un
crucifix de grand chemin qui avait une égrati-
gnure à la jambe. C'était là d'abord le corps du
délit auquel nous n'avions nulle part. Et on interroge les accusés sur des chansons de corps de
garde, sur l'*Ode à Priape* du sieur Piron*, sur des
hosties qui ont répandu du sang, sur un entretien
particulier dont on ne pouvait avoir aucune connaissance ! Enfin, le dirai-je ? on demanda au che-

---

* Il est porté dans le procès-verbal que ces enfants sont con-
vaincus d'avoir récité l'ode de Piron. Ils sont condamnés au supplice des parricides : et Piron avait une pension de 1 200 livres
sur la cassette du roi.

valier de La Barre et au sieur Moisnel, si je n'avais pas été à la garde-robe, pendant la nuit, dans le cimetière de Sainte-Catherine, auprès d'un crucifix. Et c'était pour avoir révélation de ces belles choses qu'on avait jeté des monitoires.

Si le conseil de sa majesté très chrétienne, auquel on aurait enfin recours, pouvait surmonter son mépris pour une telle procédure, et son horreur pour ceux qui l'ont faite ; s'il contenait assez sa juste indignation pour jeter les yeux sur ce procès ; si les exemples affreux des Calas et des Sirven dans le Languedoc, de Montbailli* dans Saint-Omer, de Martin dans le duché de Bar, étaient présents à sa mémoire, ce serait de lui que j'attendrais justice. Je le supplierais de considérer qu'au temps même du meurtre horrible du chevalier de La Barre, huit fameux avocats de Paris élevèrent leur voix contre la sentence d'Abbeville, en faveur de trois enfants poursuivis comme moi, et menacés comme moi de la mort la plus cruelle.

J'ai pris la liberté de mettre cette décision sous les yeux du roi ; J'ose croire que, s'il a daigné lire

---

* J'ai lu qu'il y a cinq ou six ans des juges de province condamnèrent le sieur Montbailli et son épouse à être roués et brûlés. L'innocent Montbailli fut roué. Sa femme étant grosse fut réservée pour être brûlée. Le conseil du roi empêcha ce dernier crime.

Un juge auprès de Bar fit rouer un honnête cultivateur, nommé Martin, chargé de sept enfants. Celui qui avait fait le crime l'avoua huit jours après.

ma requête, il en a été touché. Sa bonté, son suf-
frage sont tout ce que j'ambitionne, et tout ce qui
peut me consoler.

D'ÉTALLONDE DE MORIVAL

AU ROI FRÉDÉRIC II DE PRUSSE

À Ferney, 31 auguste [1775]

Sire, je renvoie aujourd'hui aux pieds de Votre
Majesté votre brave et sage officier d'Étallonde de
Morival, que vous avez daigné me confier pendant dix-huit mois. Je vous réponds qu'on ne lui
trouvera pas à Potsdam l'air évaporé et avanta-
geux de nos prétendus marquis français. Sa conduite et son application continuelle à l'étude de la
tactique et à l'art du génie, la circonspection dans
ses démarches et dans ses paroles, la douceur de ses
mœurs, son bon esprit, sont d'assez fortes preuves
contre la démence aussi exécrable qu'absurde de
la sentence de trois juges de village, qui le condamna, il y a dix ans, avec le chevalier de La Barre,
à un supplice que les Busiris n'auraient pas osé
imaginer.

Après ces Busiris d'Abbeville, il trouve en vous
un Solon. L'Europe sait que le héros de la Prusse
a été son législateur ; et c'est comme législateur
que vous avez protégé la vertu livrée aux bour-

reaux par le fanatisme. Il est à croire qu'on ne verra plus en France de ces atrocités affreuses, qui ont fait jusqu'ici un contraste si étrange et si fréquent avec notre légèreté ; on cessera de dire : Le peuple le plus gai est le plus barbare.

L'AFFAIRE LALLY

L'AFFAIRE
DU CHEVALIER DE LA BARRE

COLLECTION FOLIO 2€

Composition Nord Compo
Impression Novoprint
à Barcelone, le 12 mai 2012
Dépôt légal : mai 2012
1ᵉʳ dépôt légal dans la collection: décembre 2008

ISBN 978-2-07-035994-3/Imprimé en Espagne.

245237